# 紳士的等待

# The Gentleman From Peru

André Aciman

安德列・艾席蒙——著
宋瑛堂——譯

目次

# 第一章

「妳不是陌生人。」

「我們怎麼不算陌生人？」

陌生男子說：「不妨試試這個吧。」男子走向他們這一桌，碰觸馬克的肩膀。「你只要深呼吸，數到五。」

至少三天了，他們一直看見這位老先生。在飯店泳池畔的用餐區，他遠遠地坐在角落那一桌，總是怡然自處，偶爾和高䠷的白髮服務生客套兩三句，除此之外惜言如金，態度內斂。

儘管他獨自坐著，卻從不帶讀物，隨身唯有一本文人筆記簿，攤開朝下，看似一頂小人國帳篷。他還帶著一小支黑色無夾式鋼筆，以及一副隨手扔在桌上的眼鏡，完全不在乎鏡片是否被刮花，彷彿仍在否認自己有多需要眼鏡。六十出頭的他外表俊朗精瘦，身穿熨燙整齊的休閒西裝，雙排釦，海軍藍，布料是細條紋泡泡紗，顯得神清氣爽。他外套底下穿著亞麻衫，打一條銀灰色領帶，搭配色澤鮮豔的口袋巾。

他們多次在大廳或長廊撞見他，好奇心油然而生，猜想他這種人八成是典型的義大利半退休紳士，事業有成，在山腳下或是海邊隨意找個SPA度假村，稍微與人交際，晚上打打橋牌，清閒個幾星期，遠離老婆、小三、孫兒女。然而，這紳士不交際，不打橋牌，既不是來戲水，也不泡泥漿浴，而且屢次請服務生去調低音樂的音量。用餐區音響播放著韋瓦第，已經逼近靜音了。有一次，他正要回他常坐的位置，途中瞟了他們一眼，甚至若有似無地鞠躬，隨意打個無言招呼。但他始終不發一語。他們嫌他這種歐式作風太冰冷，太正式，不知如何回應是好，於是便不回禮。他們只對他的身影行注目禮，眼光無神而困惑，對他疏遠的鞠躬視若無睹，不希望他再向前一步。他們當中一人說：「我就說嘛，他一直在打量我們。」另一人附和說：「怪咖。」

在整個飯店用餐區，他們是人最多也最熱鬧的一桌，占據了瞭望台大半空間，海灘和港口就在左下方。他們這群人剛到那幾天，服務生趕忙為他們併上三桌，再鋪上一條長桌布。餐後，他們全走了，服務生又收走桌布攏成一團，搬桌子歸位。後來，服務生明白這群死黨早晚餐必報到，決定不再拆桌，以供他們住宿期間專用。飯店另有其他美國人，但他們是最年輕、最嘈雜的一群。晚間，逐桌表演的兩名吉他手來這桌時，同桌的幾個女人會突然喜形於色，面向吉他手，盡量跟著節拍哼歌，不時大笑失聲。其他客人講話輕聲細語，用餐細嚼慢嚥，酒也灌得遠不及他們這麼凶。夜深了，最後回房的也是這群美國青年。等到他們叫甜點時，服務生已開始為其他桌擺設早餐用的餐具。

吃完晚餐，上了年紀的客人大都會去棋牌廳打橋牌，不然就在大廳旁的公共區域消磨時光。對年長的客人而言，這裡不是住幾天就回家的度假村；他們至少會待上三星期，不轉移陣地，而且很習慣和常客互動。其中有些人是幾年、甚至數十年的老主顧。這些人會外出走走，遊覽周遭環境，回飯店游泳幾小圈，然後來一杯清淡的調酒，享用豐盛的晚餐。義大利籍工作人員不斷提醒這群美國青年，本飯店主廚名聞遐邇，著有三本暢銷烹飪書。晚餐之餘，年事更高的客人會在遊廊上喝喝礦泉水或黃春菊茶，怕吹風的客人最後會結伴去飲茶廳。這群美國青年戲稱她們是聯營毛線族，因為最年長的老嫗當中有兩人常打毛線。久坐之後，男人會急著移師至露天台座，成三成四坐著，感嘆義大利政壇多麼腐敗，直到涼意襲身才打道回房。晚餐後，這群美國年輕人喜歡成群去酒吧區。酒吧雖小，琴酒和單一麥芽蘇格蘭威士忌的品牌卻應有盡有，可能連英國最豪華的酒吧都比不上。

「平常那些貴婦睡完午覺，八成都在賭金拉米牌吧。」這群美國青年之一，名叫米蘭達的女孩說。她在藝廊工作，平日勇於毒舌消遣陌生人。朋友全笑了起來。奧斯卡問：「不過，妳知道她們的老公都上哪去了嗎？」奧斯卡是受過美國教育的智利人，幽默感帶狠勁。他停頓片刻，但沒人搭腔，他忍不住提起一個老笑話，說這類型女人的老公總是先死。米蘭達問：「老公為什麼先死？」說著摘下他頭上的水手帽戴在自己頭上。他回答：「因為他們不想活了。」

整群人又爆笑如雷。米蘭達注視著一直在討論鉤針技巧的兩位老婆婆，隔空對她倆幽幽一笑。米蘭達對友伴說：「等活到八十歲，要是我淪落到在飯店裡打毛線、喝著燙死人的黃春菊茶，你們乾脆一顆子彈斃了我，好不好？」語畢，她將水手帽戴回奧斯卡頭上，卻把帽簷歪向左，尋他開心。他把帽子戴正，卻又被米蘭達搶著歪向另一邊。「這些老人未免活太久了。」她說著鬆開原本抓著帽子的手。

兩名老婦人成了笑柄而不自知，只見用餐區另一邊的美國年輕人在微笑，於是也以矜持的淺笑投報。「她們快醒過來了，」米蘭達說：「吵醒老母鴨就不妙了。」

「妳的嘴巴又不饒人了。」馬克說。他是這群人中最理性的一位。

米蘭達遏制住自己，起初不吭聲，隨即盯著他雙眼說：「我知道啦。」

但是，緊接著，她見大家不語，又說：「剛才我只是想起我祖母，她運氣夠好，能一覺不醒。希望老天爺饒我，不要讓我活到老。」

「儘管這樣，」馬克接著說：「妳也不應該講那種話。幾個星期前，我祖母過世了。我好愛她。」無論打不打網球，馬克總穿戴網球服飾。他最近受了傷，現在正不斷揉捏著肩膀。

反觀白鬍老紳士，衣裝體面的他在全飯店裡獨樹一幟，沒人搭理也顯得滿足無比。在華府為某眾議員效勞的保羅，曾在通風的飯店大廳偶遇這位紳士，對他有心無意地一笑，還來不及收起笑臉，紳士卻面無表情，僅僅點頭敷衍他。「他擺明就是討厭我們。」馬克說。

「他可能是看錢辦事的刺客，靠著瑞士銀行戶頭裡的油水過活。」米蘭達說。

「錯，應該是執行最後一次任務的刺客。」

「那他想殺誰啊？」

「大概是我們當中的一個。」保羅說。

「我覺得他是個畫家。」安潔莉卡說。進用餐區時，她總把泳裝穿好，在外面套一件半透明的圍裹式洋裝。

「有可能喔。」

「他太古板了，不像畫家。」

「越看他，我心裡越毛。」米蘭達說。

吃完早餐，紳士會一如來時般地無聲退席，默默消失得無影無蹤。「八成是去跟雙面間諜碰頭。」

「說不定他在幫以色列祕密情治單位工作。」

「怎麼說？」

「他的五官像猶太人，而且外表也太洗練了，不像含金湯匙出生的那型。

怎麼看都很可疑。」

「妳又毒舌不饒人了，米蘭達。」

晚餐後，紳士喜歡獨坐遊廊，抽根菸，有時抽完還會再來一根。

這群美國青年入住第三夜，觀察到紳士做出十分不尋常的舉動：他飯後回房，換上泳褲出來，步下階梯至海邊，獨自一人下海夜游。美國青年們一直沒見他上階梯回來。「我好像能想像報紙打出標題：退休刺客輕生。」

「好了啦。」

「真不曉得他葫蘆裡賣什麼膏藥。」

大夥兒的共識是，沒人看得透他。但話說回來，大家從沒把他放在心上，照例忘了他的存在。他們只顧著享受飯店設施和附近的海灘。白天，他們喜歡海泳和乘船兜風，三餐的用餐時間都拖得很長，晚上先去飯店酒吧喝幾杯，然後再去山區的夜店續攤找樂子。

起初，大家見紳士走來這桌，都有些詫異，也不知他為何鎖定馬克。說時遲那時快，他冷不防伸出一手，放在馬克右肩上，不說一聲「打擾了」，也不徵求同意，毫不遲疑地做出這種侵犯他人的舉動，僅以簡單一句話開場，儀態從容不迫且帶權威，宛如這種事他已做過無數次。「試試看無妨。」他說。

全桌都被他的舉動嚇到，傻眼地看著紳士。馬克是體育健將，紳士在他身旁顯得渺小。紳士說：「先別動，過幾秒再說。」隨即立刻倒數，「五、四、三、二、一。」然後緩緩縮手。「現在應該不痛了吧？」

馬克曾因打網球受傷，肩膀痠痛不已，見身著休閒西裝的陌生人走來，大吃一驚，一時不知如何應對，啞口無言。然而，才過幾秒，他就邊站起來邊說：「我真不敢相信。」大家以為他若不是想一把推開陌生男子，就是想揍對方的臉一拳，結果都不是。馬克左手伸向右肩膀，摸來摸去，彷彿想刺探痛點是真的消失了，或只是轉移到其他部位。「不痛了，完全不痛了。」他反覆說著，語氣是全然地難以置信。他持續扭身檢查頸子、背部、後腦勺，仍想不透，肩膀明明疼了好幾天，以至於連行動都變得不靈活，剛才被休閒西裝的白鬍子陌生人自作主張一碰，倒數五秒，居然就不藥而癒了。

「奇怪，受傷的地方為什麼消失了？」他轉頭問朋友，好像死黨掌握更多的內情。他震驚地查看前後左右，好像皮夾被偷，而扒手正要把皮夾扔給另一位客人，惡作劇地整他。有一剎那的光景，他似乎有意請求怪醫把病痛還給他。

可是，疼痛一去不回了。

「痛感有如偷偷摸摸的一條蛇，」陌生男子說：「不請自來，進駐人體，想待多久就待多久，有時賴著永遠不走。假如你運氣好，還是會靜悄悄溜走，不告而別。」

霎時之間，馬克覺得自己被蒙在鼓裡，成為魔術表演裡的一個道具。你選一張撲克牌，讓魔術師來猜，而你心知肚明魔術師是在裝模作樣。魔術師會把女助手斬成兩半，但同樣的戲碼你見多了。魔術師從你耳後抓出銅板，逗得你笑得像三歲小孩，但你懷疑他是否耍詐。有時候，魔術師會催眠人，教人當眾講一些平常講不出口的話，但你始終知道是騙局。少數幾次，魔術師會向觀眾揭密，在觀眾恍然大悟、等不及想現學現賣騙別人之際，魔術師卻來個大驚奇，推翻剛才的說明，糗你又被耍了一次，你則和表演開始時同樣無知。

然而，肩膀不再痛是事實。正如白鬍子所言：痛感不告而別了。

「真的嗎？不會再痛了嗎？」馬克問：「或者是，數到三，我又開始痛？」

老紳士看著他，淡淡一笑，帶有高高在上的意味，宛如耶穌顯神蹟讓拉撒路復活時的表情，像是在說：兄弟，要有信心，你沒事了。

「這幾個星期大家建議我買的那些藥，也可以全扔了嗎？」

「合理的做法是，不如全丟進馬桶沖掉吧，」他說，似乎偷笑了一下，「相信我，你沒事了。」

「你做這……不收錢嗎？」馬克問。他已經在擔心被催繳醫療費。

「完全免費，」老紳士回答：「我作東。」

過一陣子，馬克再問：「不必回診嗎？」他想藉幽默緩和氣氛，以免露出佩服得五體投地的模樣。

「不必回診。」

「所以說，就這樣了？」不敢置信的馬克繼續問。

「就這樣。」

「真的還假的？」

老紳士以質疑的目光看著馬克，久久才說：「我不是坊間的販夫走卒，剛才也不是在表演魔術。」他的牛津英語腔純正，僅帶微乎其微的西班牙口音。「我剛從我那桌一眼就看出你痛得扭來扭去，動作僵硬，所以想幫你解痛。就這麼簡單。我保證。」

語畢，雙方不再開口，氣氛轉為凝重，老紳士似乎正要起身告辭，回自己那桌，這時馬克邀他跟大家一起去喝葡萄酒、享用甜點。馬克本想追加幾句謝詞，不料老紳士豎起食指制止他，只以「榮幸之至」接受邀約。大夥挪椅子擠一擠，騰出空位，請長腿服務生搬一張椅子過來。「我盡量一天只喝一杯。今天破例。」

他問大家此行的目的是什麼。

他們一聽，幾乎全笑了，目光在彼此臉上游移，彷彿進行著無聲民調，看誰自願代表大家發言。開口的人是巴佐爾，他在一家大事務所擔任律師，擅長處理併購事務。「有個朋友邀我們來的，」巴佐爾說：「我們坐的那艘遊艇是他租的，可惜臨行前，他在紐約有事，走不開，不能跟我們在里斯本會合。所以，我們在里斯本坐上遊艇，一直在海上漫遊，希望那位朋友能趕來。」

「可是，你們為什麼待在這裡？」老紳士說。

「據說是輪機出了什麼毛病，所以我們不得不喊停。修船師傅說他們正在趕工修復，不過，講句老實話，待在這地方，住這間飯店，有這片海灘，全額都有人買單，我們是爽到沒話說。以我個人而言，船修得再久也無所謂。」

「贊成。」艾瑪說：「輪機有沒有毛病都一樣，我心癢到想乾脆掏空行李箱，安頓下來，下半生帶著畫筆畫布跟這裡的美景作伴，離紐約越遠越好，最好再也不要遇到雄性的人類。」她停頓片刻再說：「我名叫艾瑪。」

「你們看起來就是一群享受私人豪華航程的好友。」他羨慕他們的情誼。

「我們是大學同窗，十年前畢業。我們發過一個誓。」

「什麼誓？」

「率先發大財的人要租遊艇請大家玩。我們當中就只有麥爾康是百萬富翁。所以他得說到做到。」

「只可惜他工作太忙，不能陪你們玩。」

「只可惜他工作太忙，不能陪我們玩。」安潔莉卡附和，語調略帶挖苦，似乎在暗酸麥爾康太愛巴結財神爺了，無暇享受人生中更美好的事物。「對了，換你自我介紹了。」她要求。

●

「我名叫拉烏爾。」語畢，全桌輪流自我介紹並握手認識。馬克、巴佐爾、艾瑪、克萊兒、安潔莉卡、保羅、米蘭達、奧斯卡。這一群摯友多達八人，因此巴佐爾認定老紳士記不清所有人。然而，拉烏爾逐一和大家握手時，竟喊得出各人的名字。馬克問他在這裡待多久了？他說十天。哪裡人？他回答祖國在祕魯，但他曾留學英法美三國。第一次來這裡嗎？不是。他自幼幾乎每年夏天來這裡。他在丘陵區有一棟房子，現在租給家人的朋友住，所以不再去那裡過夜。下一站打算去哪裡？回法國，他告訴大家，「不過，我對這裡有點依戀。」

「有點依戀？」米蘭達打趣地學他說話，「到底什麼意思？有點黏又不會太黏嗎？」

拉烏爾轉向她，粲然一笑。被米蘭達這麼多此一舉挖苦，他似乎被逗樂了。「大概是我太依戀了，只是不敢承認。」遭人譏諷，他也不放心上，而米蘭達憑著一副巧笑倩兮的模樣，防撞效果再強的門也能被她撬開。

「為什麼太依戀不敢承認？」米蘭達複誦著，困惑地問。她聽出對方故意含糊其詞，一見機會就緊咬，要他解釋清楚。

「她不懂禮貌，你別理她，」艾瑪打圓場說：「她一開口就閉不了嘴。她只是在鬧著你玩而已。」

「我喜歡。被這麼一問，我平常不會向陌生人講的事，倒可能被完完美美套出來了。」

「我就不完美。」米蘭達語帶微惱說：「認識我的人都知道。」

拉烏爾看著她，再次微笑，先是默然無言，隨即幽幽地說：「不過，妳很完美。妳自己也很清楚。反倒是，妳可能搞錯了一個重點。」

「怎麼說？」

「妳不是陌生人。」他注意到米蘭達被這話搞糊塗了，卻決定不把話講清楚。但米蘭達不肯就此放過他。

「我們怎麼不算陌生人？」她微笑問，笑得緊張，無所適從。她的表情似乎想讓拉烏爾中計，將他拖引向懸崖邊。「我們被你觀察了好幾天，看樣子，你可能對我們有些了解。」

「我們不算陌生人的原因不是這個。」

米蘭達繃緊肩膀。「不然是什麼，說說看啊。」她說，繼續以引君入甕的微笑凝視他。

「你們兩個玩得很開心嘛，我看得出來。」奧斯卡說：「我們多久沒見米蘭達微笑了？」

「她從來不微笑。」馬克說。

「我剛又沒微笑。」米蘭達抗議。

對話出現空檔。老紳士再點一杯酒。「這是我今天第三杯了。」他說，幾乎像在承認自己的弱點。「破例了，不是好事。」停了一拍後，他隨口說：「妳的名字是瑪莉亞。」

「我的名字是米蘭達。」她口氣變得很衝。

「是沒錯，不過，我敢發誓，妳剛出生時，名字就叫瑪莉亞。」

「何以見得？」

「妳這麼問，表示妳已經知道答案。」

米蘭達看著他，不悅感高升，但她決定壓抑怒火。

「我母親本來想叫我瑪莉亞，父親卻想叫我瑪格麗特，兩人折衷後，改幫我取名米蘭達。不過，他們沒告訴過其他人，你怎麼可能知道？難道你認識她？你認識我母親？」她的語氣惱怒，彷彿已有作戰的準備。

「我對你們所有人都有很深的認識。」

「是嗎？舉例講看看！」米蘭達說。

「沒問題。但我有個條件。首先，我可以來一塊西西里卡薩塔嗎？這點心很可口，所以我從來不敢點。」

巴佐爾向服務生示意。「可以了吧？你對我們有什麼樣的認識？」

拉烏爾匆匆啜飲一口酒。

隨即轉向馬克，輕輕以食指和拇指拈著剛添過的酒杯，簡單扼要地說：

「二十二。」

馬克疑惑地望著他。

「什麼二十二？」他問。

「你自己清楚。」拉烏爾回答。

但馬克一頭霧水。

接著，他赫然想到了。「你去櫃台打聽過我！」他驚呼。

「沒那回事。你的生日，的確是一月二十二日，對吧？」

馬克轉頭，環視全桌。玻璃冰桶就在他身旁，裡面有一瓶快見底的葡萄酒。他突然覺得自己跟酒瓶一樣空虛透明。

若非肩膀不藥而癒，他會對這整件事嗤之以鼻。他不相信靈異現象，也受不了那些相信靈異事物的人。若遇到相信天使靈光和占星術的虔誠粉絲振振有詞，他會翻臉不認人。但這時候，他不再那麼肯定。

拉烏爾環視全桌，似乎暗中斟酌答案。但他其實是在思索其他事。「舉個例子好了，我知道妳的生日在五月。」他對克萊兒說。「你們兩位的生日在八月。」他對安潔莉卡和保羅說。「至於你，」他轉頭對巴佐爾說：「你是十一月。」

全桌啞然無語。對在座其餘三人，他也一一說出他們是哪一月份的壽星。

沒人糾正他。

「你漏掉我了。」米蘭達說。

「我知道。」

「還不趕快講？」

「妳是閏年生的，對不對？」他邊說邊轉向米蘭達，「二月二十九或三月一日，妳比較喜歡哪一天？」

米蘭達整個人目瞪口呆。

「這個厲害，敬你一杯。」巴佐爾說著轉向服務生。服務生剛端走白酒瓶，另開一瓶紅酒。

「你上網查過我們了。」巴佐爾說：「最簡單不過的伎倆。」

「我才沒有。」祕魯老紳士說：「我的下一個焦點是你，巴佐爾。」他說，口吻轉為正經八百。「你本來有個雙胞胎弟弟，可惜他死在子宮裡。等到你一出娘胎，他早就不見了。」

「鬼話連篇。」巴佐爾極力克制情緒說，對老紳士保持和顏悅色。接著，他露出略帶反諷的神情說：「你是在影射我是食人族，把雙胞胎弟弟吃了？」

「這狀況比你想像來得更常見。」

「怪透了。」馬克說。

「不信的話，請馬上傳簡訊去紐奧良，問令堂當初是否懷了雙胞胎。」

「你怎麼知道她住在紐奧良？」

拉烏爾不看巴佐爾，只凝視空杯說：「就是知道。」

「你怎麼可能知道她懷的是雙胞胎？」巴佐爾問：「你該不會查過醫院的病歷吧？該不會是你以前認識我母親？或者認識她的婦產科醫生，還是認識她身邊的什麼人？」

「我不喜歡探究家族祕辛。我們還是專注在雙胞胎弟弟消失一事上吧。」拉烏爾說。

在此同時，巴佐爾已掏出手機，敲簡訊問母親。

「我們等著看她怎麼回答。」巴佐爾說，仍不斷搖頭，對自己發簡訊問母親的舉動感到荒謬。

「我已經知道她會怎麼說了。」拉烏爾說。

「唉，別聽他在那裡鬼扯。」米蘭達說。她坐立難安，神色越來越煩躁。

「巴佐爾，這全是一場惡作劇啦。他事先上網查過我們的底細，八成是駐店的魔術師兼皮條客兼金光黨，跟早餐、無線上網、有線電視一樣，是飯店附送的。」她說完轉向馬克。「治療肩膀的事，想必也是騙局？」

「肩膀嘛……可能是安慰劑效應，」馬克說：「不過，說實話，我是真的不痛了。」

「假如你們覺得我是個騙子，請容我詳加說明。」他轉向艾瑪說：「兩個月前，妳有一位親友過世了。」

「對。」

「妳跟他借手錶卻一直沒還他。」

「是的。」

「錶面是藍色，可翻轉式。」

「沒錯。」

「過世的人是令尊。」

艾瑪瞠目結舌，坐著不動，下巴顫抖，明顯泫然欲泣。「手錶我留著，是因為我知道他來日不多了，那陣子家裡有不少醫護人員進進出出，我不願把手錶留在那裡。當時我有個荒唐的想法，一直希望等他康復再還給他。奇怪，你是怎麼知道的？」

「容我稍後解釋。不過，這件事我總不可能上網查吧？」他說著轉向米蘭達。不知何故，米蘭達的神色甚至比剛才更慌張，只見她上身向前傾，環視全桌人，最後站起來說：「我想去散散步。」

拉烏爾抬頭望她。「暫時別走。拜託。」

她不回應，只把椅子轟然摜回桌緣，卻直挺挺站著不動。

在此同時，巴佐爾說：「來了。」他正好收到母親從紐奧良捎來的簡訊。

「你母親怎麼說？」米蘭達問。

巴佐爾注視著拉烏爾。「被你說中了。她的說法是，本來以為會生雙胞胎，後來卻只生下一個。我母親反問我怎麼知道這件事，說實在話，我不曉得怎麼告訴她。」

「什麼也別說。」

「越搞越無聊了。」米蘭達感嘆道，氣呼呼地一個箭步離開用餐區。

「我大概是惹她不高興了。」拉烏爾轉頭說，滿臉錯愕。

「米蘭達高不高興，誰也猜不透。」

「那我就好好享用最後這口酒，然後回房去。」拉烏爾說。

話雖如此，他仍直盯著安潔莉卡和保羅。「你們還沒結婚吧？」

保羅突然被這麼一問，遲疑片刻才回答：「我還沒。她已經結婚了。欸，你不是料事如神嗎？」保羅損他。

「我知道的是，你們兩位在大學暗戀對方，對吧。只不過當時，你們兩個都沒有更進一步，也沒人知道。你們自己都不清楚，或都不想弄清楚，之後也不停自我否認，甚至到現在，一整桌的朋友也被蒙在鼓裡。我說的都對吧？」

保羅瞟向安潔莉卡，笑容很僵，轉頭面對她說：「他講的可能有點道理。」

安潔莉卡沒有馬上回應，「可能吧。」她說，隨即噤聲一陣才再開口，彆扭笑一笑，想轉移事情的焦點，於是輕聲說：「你覺得，我們是不是真的被拉烏爾看穿了？有嗎？」

「怎麼了？我講了不該講的話嗎？」拉烏爾疑惑。

「沒啦。大家都知道。」巴佐爾插嘴道：「這一對，大家都很懷疑，怎麼會拖這麼久才曝光？」

「才過十年而已。」保羅態度收斂地說。

「我們倒覺得彷彿拖了五十年。」奧斯卡大笑說。

「其實，」拉烏爾說：「拖了三個世紀才對。」

「喂，老頭子，你的魔術道具包裡，還有什麼更勁爆的內幕嗎？」奧斯卡問。

拉烏爾不語。他只起身。「夠了，這一回合的魔術變到這裡為止。」他說著客氣地推椅子歸位，絲毫沒撞出聲響。

# 第二章

生命帶給我最重要的體悟是，不要再等，不要放棄，不能現在就心灰意冷……

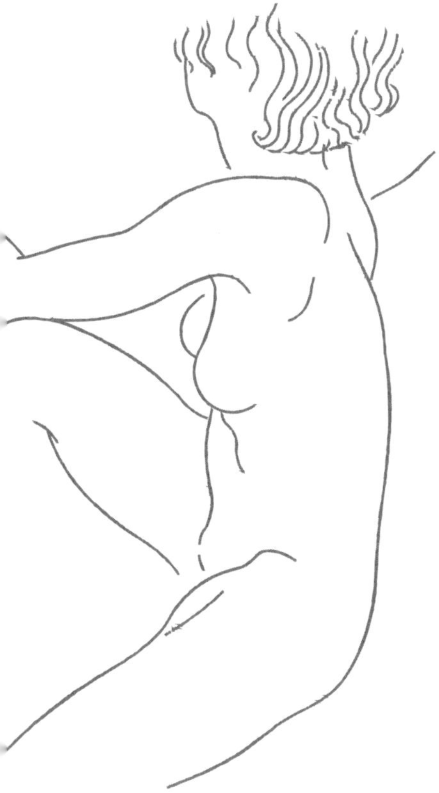

隔天晚間，這群美國青年步入用餐區時，飯店其他住客都快吃完點心了。一如往日，獨坐的拉烏爾正準備吃第二道菜。美國青年團一瞧見他，立即向他打招呼，馬克甚至熱絡地拍拍他的背，舉動友善，也暗示略微瞧不起他，一來是表達昨天的謝意不減，二來是想一掃昨天那副傷殘運動員的敗象。他們問拉烏爾，餐後是否願意一同去飯店酒吧喝一杯。「榮幸之至。」祕魯紳士回答。

他們原本想光顧山上一家夜店，後來決定待在飯店就好。「讓我們招待你。呃，不對，應該是讓麥爾康招待你。我們跟他提過你，他說很遺憾不能來這裡跟你認識一下。」

拉烏爾反思著酒局的邀約，幾乎像在後悔剛才未能慎重考慮，答應得太倉卒了。但他突然陷入沉思的原因不只這一個。「快去通知麥爾康，今天股市收盤前要當心，不宜在最後一刻躁進。這波走勢他或許無法迴避或逆轉，但他絕對能採取行動避開風險。這點要記住。」

巴佐爾做出謹記在心的手勢，但拉烏爾舉起叉子指向他，堅持道：「現在就通知他，馬上。」

「現在嗎？就現在？」

「對，」拉烏爾說：「快打給他！」

拉烏爾對著圍站周圍的其他人解釋道：「他在做什麼瘋狂交易，我不清楚。我只知道，這一波很危險，他一定要在今天收盤前賣出。」

電話打了。通話了幾秒，安潔莉卡便把電話搶過去，對麥爾康說她想他。麥爾康也想念她。

「麥爾康跟你說謝謝。」片刻後她告訴拉烏爾。

當晚夜深了，一夥人聚集在小酒吧裡點飲料，馬克表示，拉烏爾既然能預測股市震盪，為什麼不憑這本事自己賺大錢。

「因為我對股市一竅不通。更何況，用遺產投資的風險太大，我怕對不起我的好父母。通常，我明白潛藏的危機有哪些，或是人們有什麼規劃或意圖，但我也曾經視若無睹而釀災，畢生最大的一場禍害令我完全措手不及。也有幾次，我的預測錯得離譜，後果淒慘。不過，生日和往事難不倒我。話雖這麼說，我確定今天紐約不會風平浪靜地度過。你們等著瞧：再過半小時，股市快收盤前，一定會有事情發生。」

大家淺嘗美酒之際，拉烏爾告訴他們，近幾天如果大家閒著沒事做，他可以帶他們去參觀特色景點。他問他們是否讀過史詩《伊尼德》。

他們多數讀過片段。「我們爸媽花了大錢讓我們受人文教育，」奧斯卡說：「結果只學到一些零碎的知識，到頭來我們還是什麼都不懂。」

「真的！」米蘭達說。

「大學教我們當代詩詞和當代議題，甚至也教當代文法。不過到頭來，像米蘭達所說的，真的什麼也沒學到。」奧斯卡說。

「『像米蘭達所說的』？」她嘲弄他。

「『正如』才對。」奧斯卡改用正統文法，然後以希臘文道歉。

大家笑成一團。「拜大學希臘文初級班之賜。」

大家舉杯向母校致敬。

拉烏爾不太懂他們在笑什麼，也不願追問，僅說他願意帶領大家追隨木馬屠城英雄伊尼亞斯的腳步，去參觀伊尼亞斯離開迦太基後的其中一站庫馬。那裡正好是史詩裡的鬼門關艾伏努斯，是通往陰間的大門，就在艾伏努斯湖。[1]

「你去過嗎？」米蘭達問。

「去過。但每次都有人陪伴。」

「是嗎？我想去。」保羅說。

「我也想去。」安潔莉卡說。

「大導演費里尼最熱衷這項活動。他喜歡帶一群朋友走進岩壁嶙峋的小徑，向下踏進冥河地府，參觀哀悼場，義大利文是Lugentes Campi，在那裡聽著歷史上破碎的心向駐足聆聽的過客訴說悲痛情事。例如菲德拉向繼子表白後自盡。例如自焚的蒂朵，正航向義大利的伊尼亞斯從船上看她被火舌吞噬。例如陰錯陽差中被情人的矛刺死的普洛克里絲公主。例如可悲的凱尼絲被海神強暴後，乞求變成男人，以免再被強暴。在心靈世界裡，你們不也全被燒過、刺過、強暴過嗎？」

「不予置評。」奧斯卡說，引來哄堂爆笑。

但無人正面回應。

「換言之，你們全都有過。」拉烏爾說。

「大家全被傷害過。不過，怎麼可能有人真的殉情嘛，我不敢相信。太矯

1 艾伏努斯湖，位於義大利西南岸。

揉造作，太娘炮了。」

這話是米蘭達說的。

「有次，我就差點做傻事。至少是非常非常認真考慮過，」艾瑪說：「不同的是，那時候，我排除以暴力或藥物的方式自我了斷，所以決定絕食。差點就成功了。結果有一天，我看見有人在吃法式圓麵包，塗著三倍乳脂起司，搭配紅酒一杯，我忍不住說，『夠了！』」

「小命被起司救回來，完全符合艾瑪的風格。」奧斯卡說。

「哀悼場……也不是我的菜。」克萊兒插話。身為教師的她平日沉默寡言。「儘管我也曾苦戀著一個永遠不明瞭我有多愛她的女人。」

「是瑪利索爾嗎？我就知道。又提起她幹麼？克萊兒，忘掉那段吧，不要再戀棧了，求求妳，妳都已經為她累積一肚子苦水了。」

這話又是米蘭達說的。

但克萊兒似乎充耳不聞。

「就算我們不想接受對方的愛，我們總明白對方愛著我們。瑪利索爾就很明白。」克萊兒說：「我知道她心裡有數。」

「那你呢，拉烏爾？你有沒有走過哀悼場？」克萊兒問拉烏爾。

拉烏爾拖了幾秒才回答：「我走過。傷過心的人永生無法復原。無論傷我們心的人是誰，疤痕會長存心裡。父母對我們鑄下的傷痛，有復原的一天嗎？挨小一數學老師的罵，我們會淡忘嗎？青澀年華的情傷呢？一般人可能會想辦法療癒，很多人自欺，以為自己痊癒了，後來才領悟到，反覆犯下同一個錯的原因並非我們老是愛錯對象，並非我們不懂愛的竅門，而是因為新歡並不會幫助我們治療舊傷。新歡只能遮住傷口。但是對有些人而言，只要遮住傷口就可以了。」

「你被人傷得那麼重嗎？」米蘭達問。

「對，有一次。而且，只有一次。」

「哪一次？」

「我絕口不談。」

「聽起來，你沒有自我療癒成功。」米蘭達說，從祕魯紳士身上扳回一城，沾沾自喜之情溢於言表。

「傷害我的不是女人，而是命運。我們還是回到艾伏努斯吧。」他說著，明顯試圖轉移話題。「到了地府的入口，你們會看見幽魂拖著腳步四處走，怨言不一而足，有些幽魂心懷遺恨，有些悔不當初，各個都等著上台發言的機會，想對神傳達他們投胎的目標，可惜他們太糊塗，多數轉世以後，又再次選錯路。人投胎是為了修正前世，因為多數人一生過得不盡完美。」

「他們為什麼一直選錯路？」

「為什麼？因為沒人願意接受真實的自我。幽魂要求投胎的目標，都是他們深信最理想的一個來生，希望對方愛的是自己的另一面，自己永難達成的一面。而人生當中最微妙的奇蹟，小之又小也最難以拿捏的奇蹟，就是世人因緣際會相遇時，發現對方能認清真我，不強求，能原原本本接受我們。然而，這些卻是我們最愛踐踏的人，備受我們嫌棄、鄙夷、無盡冷淡，有時候甚至被我們痛恨。反之，雙方如果愛的都是真我，在這種情況下，這一對的時光就能止步。如果這一對不是一同死，晚死的一方永遠無法療癒，下半生因為無法遺忘，只好苦等著來生再結緣。要再等幾輩子呢？沒人知道。套句莎士比亞的話：『我中有你，你中有我。』[2]有情人總會再回來，必定會。可是，等候期非常折騰人。有情人等了又等，為的不只是成眷屬，還有另一個心願，就是期盼能一起赴黃泉。生命是暫時的，而愛情不是。」美國青年們坐著聽拉烏爾闡

2 此段出自莎翁寓言詩《鳳凰與斑鳩》。

泷，呆住了。

「明天早上，我很樂意邀請各位同遊波佐利，參觀噗噗冒著氣泡的硫磺口。據說伊尼亞斯曾在附近深入地府，尤利西斯也曾在當地呼喚已逝的阿基里斯，不期然撞見母親，還對她說：『難道妳也死了嗎，母親？』語畢想擁抱她，連續抱三次都撲空。親友辭世以後，不管我們多想再擁抱他們，同樣也只能抱到空氣。人死後化為虛空，大家都知道的。另外，試想一下，在我們心中根本不存在的那麼多人，他們竟然在幻想世界裡夜夜擁抱我們。對他們而言，我們是虛空，而對我們暗戀的對象來說，我們不也是虛空嘛。」

「地府被你講得好生動。真的有這種地方嗎？」保羅問。

「荷馬筆下就有。」

「而且，荷馬從不瞎扯。」米蘭達說。

「妳在嘲諷我。我看得出來。」

她微笑一下。

正在這當兒，服務生再來為大家添酒，馬丁尼頓時飄散一許馨香，洋溢整個小酒吧區。

「這是什麼東西？香到沒話說。」巴佐爾問。

「是阿瑪菲海岸的檸檬，」拉烏爾說：「全世界絕無僅有的特產。嘗到這品種，你才曉得什麼是正宗檸檬。」

「就是這個。」拉烏爾召回服務生，請他端來一顆新鮮檸檬和一把水果刀。服務生照他指示，端來一顆澄亮的檸檬，附帶一把鋒利的小刀。

拉烏爾左手握檸檬，右手動刀削果皮，傳給保羅和安潔莉卡，然後給巴佐爾，在場其他人也先後拿到一片，包括三名觀光客在內。拉烏爾盛讚檸檬之際，他們碰巧在一旁聽到。

「你們有沒有聞過這麼香的檸檬？」拉烏爾問。

「從來沒有。」眾人異口同聲回答。

最後一個領到檸檬皮的是米蘭達。她幾乎不願意從拉烏爾手中接下。

「又不會要妳的命。」他說。他發現米蘭達想和檸檬劃清界線——或者不情願和他打交道。米蘭達藏不住敵意，他發現了，但不以為意。米蘭達嗅聞檸檬皮一下，隨即扔向最靠近她的菸灰缸。

小小一片檸檬皮讓大家不忍釋手，不停嗅了再嗅。馬克一直把檸檬皮握在手裡，三不五時拿起來聞一聞。

「我每年非回義大利不可的原因，你們總算明白了。」拉烏爾說。

「就為了嗅嗅檸檬皮？」米蘭達的招牌譏諷語調。

「妳說的也許有道理，」拉烏爾說：「有時候，世上最美好的，是最單純不過的事物，例如檸檬香，或貝多芬四重奏的幾小節，或看見泳裝女子墊著海水浴巾趴著，大片背膀曬得亮閃閃，或法國畫家杜飛的海景畫，或你心愛的人展露笑顏。」

「可以再加一項嗎？蘇格蘭出品的卡爾里拉威士忌。」

「希臘橄欖。」

「印度芒果也算吧？」

「法國鵝肝醬。」

「五枚金戒指！[3]」奧斯卡吟唱著。

大家笑得前仰後合。

這時，有人忽然問道：「你治病的本事是什麼時候學的？」

拉烏爾淡淡一笑，彷彿已有預感，心知這看似不痛不癢的問題只是開端，後續疑問將連番而來。

---

3 此句出自名曲《耶誕節十二日》。

「我不太清楚，不過回想起來，好像是小時候，某天我膝蓋受傷，用手按痛處才發現。人不慎撞到東西，直覺上都會摸一摸撞傷的部位。所以，那天我也摸摸膝蓋，結果按了五秒就不痛了。我還以為大家都一樣。和同年齡的小朋友玩的時候，每次有玩伴在公園或沙地受傷，他們都馬上伸手按住傷處。有一天，我看見有個小孩膝蓋受傷，用手按卻還是繼續痛，痛到哭了，所以我對他伸出援手。結果我的手一碰，他膝蓋就不痛了。

「他向他母親說了。我以為他母親會跑來對我感激不盡，結果卻被她警告，不准我再碰她兒子。她用義大利文罵我，『照子放亮點，不准再耍巫術！』我深信自己剛做了一件大壞事。從此，每次有人受傷，我都不再去關心，只會在一旁看他們受苦。

「有一年，我母親得了腎結石，半夜醒來痛得呼天搶地，我問她哪裡痛，要她指給我看，她指著腰和腎臟後面，連痛的核心部位在哪裡都分不清。我叫她牽我的手，放在痛處，但我不想讓她知道我想做什麼，因為我怕連她也罵我搞巫術。她牽起我的手，放在疼痛的部位。結果我一碰，沒經過幾秒，痛覺就消失了。至於她那一粒腎結石，則變得很小，過幾小時就排出體外了。我否認病是我治好的，但從那一天起，我就知道了。我母親從來不提那件事。不過我相信她也很清楚。事隔幾年，她的腳丫發炎，問我能不能治治看，我當然答應。效果也相同。」

「那年你多大？」

「七歲。不過，從兩歲，甚至更小的年紀，我就知道自己有這份天賦。」

「那個時候的往事，你都還記得？大家都不記得自己三歲時發生的事。」

拉烏爾無語，低頭看著漂浮著檸檬皮的馬丁尼，然後凝視削光皮的小檸檬。檸檬旁邊有一大碗花生。酒吧區的所有人都感覺到了，某件要事掠過他腦際，只是他不願吐露。

「我能回去。」他久久之後說道，揚起視線，握著酒杯，彷彿尋求著同情和支持，因為他知道，眾人的目光正聚焦在他身上。

「你能回去……」艾瑪說，停頓一下後再問：「什麼意思，『你能回去』？」

再一次，拉烏爾懺然低頭看酒杯，明顯想避重就輕。飲料附贈麵包棒，他折下一小段，送進嘴裡，當成香菸叼著。

「這氣氛害我好緊張。」克萊兒說。

「好吧，我想再問一個問題，問完保證不會再問，」艾瑪說。

「請便。」他說，再次展露狡猾的笑顏，意味著他被問過無數次了。他拿起餐巾紙，拭去杯身的一些水珠，看了滿意才舉杯啜飲。

「『回去』是什麼意思？」她問。

他再次環視全桌。

「我不想讓任何人難過，不想讓人不自在，也不想過於故弄玄虛。不過，我可以回答這個問題，之後，拜託，可以換個話題嗎？」

「可以。」

「我想強調的是，你我全都能回去。為了回去，我們耗費比想像中更長的光陰。『回去』可以稱為幻想，可以稱為做夢，名稱多得是。不管怎麼稱呼，我們用爬的也要爬回去，用盡各種方法。不過懂門道的人少之又少，多數人畢生找不到門在哪裡，能掌握鑰匙的人更少。我們都只在黑暗中摸索。有些人甚或覺得自己不是地球人，而是來自天外，全都佯裝自己是正常的地球人。然而，沒有一個人是。我們極有可能來自火星。以我來說，我來自一個遙不可及的地方或行星，那星球就叫作祕魯，而我心目中的祕魯甚至可能不存在了。有些人知道回去的路怎麼走，有些人終其一生不知道路。」

「那你自己屬於哪一型？」米蘭達問。剛才有個年輕男子搭訕她，加入他們這一群人，但她現在不再理會他，顯然一直在聽拉烏爾說話。

「有時候我認得回去的路。」見無人反應，他接著說：「有些時候，我也能帶路。」

「等等，」艾瑪說：「『帶路』是什麼意思？」

拉烏爾突然一本正經，「意思是，我能帶你們回到你們很久很久以前曾經知道的地方。」

「多久以前？」艾瑪問，顯然越來越沉不住氣。

「在妳出生之前啦。這連我都答得出來。」米蘭達脫口而出。

然而，拉烏爾正確逆料到當前的情勢。眾人聽完他的話，全都忍不住思索著自己想問的問題，所以全場才肅靜下來，大家的問題在他上空盤旋，像拿不定主意的鳥兒在空中兜圈子，最後才找對樹枝降落。

「這樣子說好了：我們大家都記得曾經有過另一個自我。這自我可能是個有影無形的幻影，也可能是許久以前或在別的地方稍縱即逝的自我觀感，比自我認知還捉摸不定，姑且稱為『遙遠的自我』好了。不過，弔詭的是……」他說到一半歇口，彷彿在整理思緒，又喝了一口酒。

「弔詭的是什麼？」受不了賣關子的米蘭達問。她差不多是打定主意當個難搞的聽眾，或許是想就此證明祕魯紳士句句是信口雌黃。

「另一個自我，未必是從前的自我。甚至在我們飲酒的此時此地，那個自我可能活在別的地方。」

「你指的是平行時空？」

「隨便妳怎麼稱呼都行。但自我也未必只有一個，有些像尚未受精的卵細胞，仍有待萌發，有些已經解放了，有些等著完結篇。一個個自我猶如星星，人人的自我都能自成一個星座，有些自我甚至不存在自己的世界，而是寄人籬下，所以我們有時候才會一眼覺得某些人似曾相識，因為他們就是寄居他人身體的我們。」

這一次，拉烏爾從大碗抓起幾顆花生，慢條斯理嚼起來。

「你換了電話門號，卻試著播打以前那號碼，這種事情在座有多少人做過至少一次？」

無人承認，但各個聽了無不詫然嘻嘻笑著。

「各位嘴巴不講，卻全都笑了，證明了我的假設：你們全都打過自己以前的門號。如果門號的新用戶接聽，你會怎麼說？『喂，我是從前的你，在此向您打一聲招呼？』或者可以反過來說：『我就是你，是你還沒演變完全的你自己。』

「不然，我換個問題問各位：路過自己以前住過的公寓，你們會不會往上看自己住過的那一樓，瞧瞧從前的你是否仍然亮著燈？多少人做過這種事？」

又是一陣笑聲。

「看吧！再問你們一題。跟人分手後，你會不會主動去找對方，為的是測試一下現在的你是不是仍殘留那份舊情，結果竟然發現，你幾乎願意和對方再續前緣。而對方姓什麼，你想破頭都想不出來了。你們多少人做過這種事？」

無人回答。

「就算我們整個人變了，假如舊我沒死，繼續活在心靈世界的陰影裡，那會怎樣？如此一來可以說，我們人生充滿了退居陰影的自我，這些舊我在我們好好過日子的同時持續誘導著我們，牽引著我們。這些舊我吵著要發聲，爭著出頭，搶回他們的生活，只等我們耳根軟化而屈從！

「如果我們不時換個角色，變回兩分鐘前的那個原本已經退居陰影的自我，那會怎麼樣？接著，剛躍登首位的新我再讓位給第三個或第四個自我，那會怎麼樣？要是我們只不過是街頭詐賭牌桌上的三張牌，遙遠的自我不停洗牌重組，那會怎麼樣？人的這些自我不斷退位卡位，舊我、新我、影我、七號我、十一號我、空有志向卻始終無法實現的自我、被拋棄而一蹶不振的自我，更有一種心願落空但仍抱一線希望的自我，而這自我畏懼著、盼望著舊我前來營救，寄望有朝一日舊我能擊退這個一輩子身不由己的自我。

「但是，如我所言，揮之不去的不僅僅是過去。同樣能縈繞我們心頭的是尚未發生的事，因為在我們心中，還有一些自我躲在陰影裡，偷偷過日子，一直等著出場。我們時時刻刻改造過去，創新將來。有時候，我們走在街頭，或坐在人多的公車上，心裡明白一件事：這一天，我們在路上和人四目相視或擦肩而過，而這人是我們從前愛過、還沒緣分再愛一次的對象的不同版本。但那人也大有可能是棲居他人體內的我們自己。妙就妙在，他們的認知跟我們沒兩樣。這人究竟是我們，或是注定和我們廝守卻每次轉世都錯過的對象？彼此盤踞在對方心靈裡，這不正是愛的定義嗎？」

奧斯卡正想發問，旋即打消念頭，繼續沉默。

「既然大家都這麼認真在聽，有可能早已覺得快無聊死了，那我就再以一個想法總結。關鍵並非知道哪裡有另一個自我，或哪裡曾經有過、可能存在另一個自我。朋友們，關鍵在於能否搭上線。就是建立起連結。全地球最困難的一件事。

「遊艇被迫靠港停航、馬克肩膀疼痛、大夥夜裡歡聚一堂聽著奇人奇事，你們以為全是偶然嗎？也許是吧，也許不是。話說到這裡，我們再互相敬一杯馬丁尼吧。這一次我請客。」

他隨即驀然想起，「快打給麥爾康！」

「你不是早就料到他怎麼交易了嗎？」米蘭達刻薄地說。

「我的確知道。但我希望在座所有人聽他親口說。」

巴佐爾立即拿起手機，撥去紐約。

麥爾康接聽了，巴佐爾改按擴音模式。麥爾康說：「你們在海邊遇到哪門子的魯蛇報明牌？我居然糊里糊塗聽信了，不過，你去轉告他，假如我把我險些賠掉的錢分一成給他，他現在就成百萬富翁了。」

「魯蛇」的評語引起拉烏爾一陣冷笑。

「告訴他，他沒有虧欠我什麼，我很樂意幫他。不過，如果他願意的話，不妨樂捐一大筆錢給啟聰基金會。我摯愛的一位朋友生前是聾人。」

麥爾康聽見拉烏爾的聲音，才發現剛講的話被擴音了。「對不起，老先生，我太感激你了。我該掛了。有其他明牌再報給我。」

拉烏爾接獲捷報，眾人聽了都高興。

「你嘛，你能回去，對吧？」米蘭達問。

「我嘛，我能回去。」他回答。

「可以帶人一起回去嗎？」

「妳指的是帶人穿越時空導覽？」

「這樣形容也行。」

「我帶過。」

「你能選擇的話，你會挑誰？」

拉烏爾環視這一群八人。

「我會挑奧斯卡。」

「為什麼挑我？」

「聽我說。奧斯卡該回想一下，他在比利時的安特衛普住過，那時他叫克里斯托弗．羅溫，」拉烏爾說：「克里斯托弗的母親重症纏身卻活到很老，長年有賴他日夜照顧，導致他沒空找老婆。謠傳他單身的原因是如此，他也隨人去說。每天，他只有兩、三小時的空閒，他用這空檔代人寫信，客戶有的是文盲，有的是喜歡他的字跡，以口述的方式請他代筆。一有閒暇，他喜歡讀讀書，寫寫信。他寄信的對象無以數計，遍及歐洲、俄羅斯、南美北美洲，全以標準法文書寫。他在學校讀過法語，練得爐火純青。他巧筆詼諧，收件人無不回信給他。他寫信的對象有作家、作曲家、哲人，更不乏領袖元首，包括十九世紀義大利加富爾伯爵、法王路易腓力、拿破崙三世的妻子蒙提荷、俄國文豪屠格涅夫、德國音樂家李斯特。後來，母親過世，他也老了，嗜好只有一個，就是寫信集郵。國際書信頻繁的他收集了大批郵票，原有的信件和信封俱在，收藏品價值連城。有個遠房姪子耳聞他集郵頗豐，後來繼承到克里斯托弗所有財產，本來想把郵票賣給信譽良好的交易商，不料在成交前幾天不幸過世了。郵票落誰家？沒人知道。」

「現在藏在哪裡？」

「被留在閣樓裡。」拉烏爾說。

「他的房子還在嗎？」

「你問的是，大戰期間有沒有失火或被轟炸？幸好沒有。」

「你該不會知道地址吧？」奧斯卡問。

拉烏爾呵呵一笑。

「我知道。我會告訴你的。你照地址找到那棟房子的時候，只需自稱是克里斯托弗．羅溫的姪孫，想來領他留給你的包裹。目前屋主是一位老太太，她跟姪子認識，所以不會反對。在我的觀念裡，你是那批郵票名正言順的主人。憑你舌粲蓮花的工夫，我相信你能迷倒她的。」

奧斯卡顯得迷惑，不知該不該盡信拉烏爾說的故事。

「如我所言，要緊的是搭上線。無數的物理學家會告訴你，世界上時空之間偶爾會出現細縫，窄到只能讓洋蔥紙插隙而過，細縫一開就合起來，下一個機會要等幾世代、幾世紀、幾千年，只有天曉得。」

「那值不值得我跑一趟？」

「那當然，」拉烏爾說：「一趟就能讓你的人生改觀。事後你可以辭掉工作，繳清大學助學貸款。前天夜裡，不是有個年輕水手把帽子借你戴嗎？你也可以偕他航向天涯。」

「你的嘴巴好嚇人。」奧斯卡噗嗤爆笑說。

「我知道。」祕魯紳士微笑著，語氣相當洋洋自得。

「求助於你的人一定很多吧？你可不可以幫我一個忙？」安潔莉卡問。

「什麼忙？」

「講講我和保羅的事，可以嗎？」

「妳是不是以為，妳對他的這份情感只是愛情而已？說實在話，我觀察過，你們會在對方不注意時偷看彼此，簡直像妳的人生融入他的人生，他的人生融入妳的人生。你們從大學就是好朋友了，後來有數不清的幾段戀情。妳甚至嫁給一位鉅富，妳很看重妳先生，但妳不曾愛過他，一輩子也不愛。現在取捨全在妳手中。不過，生命帶給我最重要的體悟是，不要再等，不要放棄，不能現在就心灰意冷。除了當前的這份愛之外，你們前世更有幾次錯身而過和不期而遇。妳曾住過美國巴爾的摩，他曾住過墨西哥，你們曾在輪船上相遇，船的最後一站是和你們完全不相干的安克拉治。你們兩個一見面就互相感應。可惜，一個睡頭等艙，另一個睡二等艙，妳先下船，他繼續航行，雙方從此不再相會。過了幾年，過了一生，他在男裝店當店員，妳帶兒子上門，想買禮物送妳先生，你們兩個再次感應，可惜雙方都不敢更進一步。你們兩個有誰記得那間店？」

安潔莉卡和保羅面面相覷。「我們不記得了。」其中一人說。

「你們當然不記得。然而——」

「然而怎樣？」

「那家店在赫爾辛基，鄰近一座碼頭。你們一起想想看。我不再多言。」

拉烏爾接著敘述哀悼場的背景，訴說著當地諸多未能修成正果的憾事，有情人苦等再苦等。

「我們多數人日子一天過一天，等著日月星對齊，而人生不就是這麼一回事嗎？不過是一間等候室罷了。但想想死者吧。人一死，靈魂帶著苦等不到的遺憾進地府，持續等著復返人間，然後又是等待。所以，寧可花一個鐘頭做讓你後悔終生的憾事，也不要苦等一輩子，等上蒼惠賜良緣。」

兩位有情人大眼瞪小眼，宛如仍在摸索性知識的青少年，差點問說，下一步該怎麼走。他們記得大學註冊那天，兩人在新英格蘭校區邂逅——上輩子怎麼會在赫爾辛基？後來兩人失去了彼此。「我漸漸疏遠你，希望你會來追我，可是你一直沒來。」「妳疏遠是因為妳不希望被我追。」「你後來交過幾個女朋友。」「妳明知道是逢場作戲。」「結果假戲真做了。」「妳當初幹麼不主動？」「我主動過啊。」「我倒是沒看到。」

「你有沒有把她放在心上？」拉烏爾問。

「時時刻刻。」

「妳呢？當初知道他是這麼想的嗎？」他問安潔莉卡。

「我知道，可是我後來就不信了。他把心事包得好緊。不過，不管是當時或現在，我天天都暗暗盼望著他把我放在心上。」

米蘭達和奧斯卡一直在旁聽。她忍不住插嘴。

「赫爾辛基！你們上輩子在赫爾辛基幹麼？」

「幹麼問我？問他啊。」

第三回合的飲料終於上桌，在座每個人都迫切想請拉烏爾講解他們各自的前世。

「日子一年一年過，妳不難過嗎？」克萊兒問安潔莉卡：「嫁錯郎都十年了，妳不苦惱嗎？」

「會。我非常難過。可是，更令我難過的是，儘管保羅承認他對我有意思，而我也一樣，我卻可能束手無措。人生路走錯了，走習慣了，所以我們也許會決定就這麼走下去。」

「不行不行，」克萊兒說：「今天晚上簡直像仲夏夜之夢。時空冒出破口，錯誤獲得修正，命運線被拉直，一切都能補救。」

「對妳而言，這酒吧有這作用？」拉烏爾問。

「你看看這酒吧嘛。遊艇拋錨了，我們所有人只好踏出時光軌道，把煩惱拋開，而我們的樂子才剛起個頭，可見好事近了。」

「說到這裡，各位女士先生，恕我向大家道晚安。否則明天太陽一出來，我們全都醜到見不得人。」

# 第三章

我很幸運能掌握事實，能掌握事物，可惜無法掌握對我意義最重大的事情。

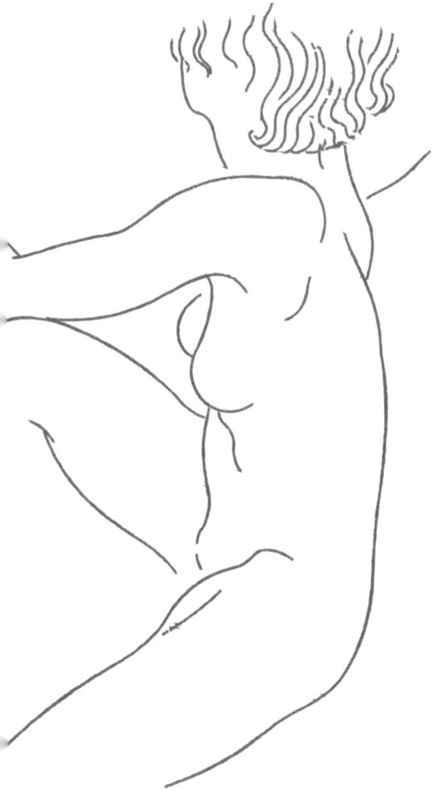

接下來兩天，拉烏爾從人間蒸發。

到了第三天，他又忽然現身，彷彿一直沒走。安潔莉卡、米蘭達和艾瑪三人打著赤腳，踏著崎嶇的古道，在海邊和飯店之間往返，完全沒注意到他。這天上午，拉烏爾戴上大草帽，穿著沾土的短褲和破舊的T恤，手持小鏟子跪在地上。通往露天台座的石板步道邊緣長滿雜草，他正在幫園丁除草，看見她們就站起來，想用短褲抹清手上的泥土，怎麼抹也抹不乾淨，只得縮手，靦腆微笑著。

「你消失了。」米蘭達說。

「我渡海去島上簽幾份地契，拖太晚，只好留下來過夜。」

今早拉烏爾心情爽朗，微笑的次數遠高於初相識的那場午餐。

「可是我今天在這裡有得忙了，想趕在午餐前整理完這一小段步道。」他說著放眼看他忙完的部位，顯然佩服自己這一天的成就。「我覺得，除草是這世上最好的療癒法。做著做著，不禁發現自己喃喃講著話，對象是地上、石板、非連根拔起不可的雜草、不想打擾到的蚯蚓。而且老實說，這份寧靜感好濃好美。喜歡釣魚的人追求的正是這一份樂趣。我倒是不喜歡釣魚。我愛乾爽的大熱天。妳們呢？剛去哪裡？」

「我們剛去游泳。奇怪，你為什麼要問？」米蘭達說。

「什麼意思？」

「我還以為你無所不知。或者是，你忘了吧？」她說。

話中帶刺，命中標靶。

「天氣太好了，我們躺在沙灘上，然後下海游泳，游了好久好久，才爬上那邊的漂浮平台。」安潔莉卡緩頰說，明顯是想袪除米蘭達的那根刺。

拉烏爾調整大草帽，像是想找話說，找不到話題，才看著米蘭達。

「我好像惹妳不高興，米蘭達。」

「叫瑪莉亞才對吧。」她面露狡猾狀，彷彿想忍住不笑。

「妳對我手下不留情。我剛剛只不過想為那天的事向妳道歉。」

「我接受。」她回應。

聽她的反應如此之快，拉烏爾反而無法確定此言是否純粹是敷衍他，或者只想一語摒棄兩人之間的客套。他無從判讀這句簡慢的回應，只好邀請她們下午兩點共進午餐。艾瑪說她想再去游泳，安潔莉卡說她正要和保羅去吃個小點心。

「幹麼約兩點？」米蘭達問。

「用餐區的客人比較少，也變得比較清靜。」

「你意思是，等我們這群美國人離開用餐區，其他客人回房睡午覺以後？」

「差不多。」

她考慮著這份邀約，拖得有點久，有違常情。

「我接受。」

「可以允許我提前為我們點餐嗎？我通常會點他們當天的生鮮漁獲。」

她看著他，微笑。「我不是說了嗎，我接受。」

「所以說，大和解了？」

「再說吧。」

「請告訴我妳同意。」

她再度展露笑臉，意在淡然傳達「好吧」，但拉烏爾決定視之為明確的肯定。

「好了，我該繼續除草了，否則會被園丁開除。」

下午兩點整，米蘭達赴約，穿著亞麻白上衣和寬鬆的亞麻白長褲，圍著天藍色的亞麻巾，紅涼鞋顯露纖細的小腳，似乎比他今早瞧見的膚色淡了一些。

拉烏爾早上曾見她拎著拖鞋，赤腳站在石板道上。

「我遲到了嗎?」她問，因為她感覺他已坐了好一陣子。他對著她微笑，只搖搖頭，意思是:為什麼自認遲到了?

「我老是擔心遲到。」

「為什麼?妳老是遲到嗎?」

「我從來不遲到，不過我照樣擔心。我前男友正好相反。」

「什麼意思?」

「他常提早到，總讓我覺得自己害他久等。」說到這裡，她再想了一想，

「我幹麼對你講這些?」

「我不知道。怎麼會問我?」

這時候，米蘭達突然又換上幾個小時前那副狡猾的表情，她忍不住問:

「可是，你總該早就摸清我這一點了吧。你不是無所不知嗎?」

「喔，原來如此。」這時，他兩、三個小時前點的海鮮來了。服務生端來

幾塊生魚片，解說這魚的品種、捕獲的時刻、主廚攙加什麼橄欖油。油的黑胡椒味偏重，但不至於嚇跑挑嘴的饕客。

服務生正要說明蔬菜總匯用的配菜，拉烏爾卻說：「妳能允許我再次致歉嗎？」服務生決定不再干擾客人。

「沒必要。」

「但我想。」

「為什麼？」

「我不知道為什麼。」

說到這裡，兩人相視大笑。

「和妳的想法相反，我其實不是無所不知。有時候，念頭會自動在我腦海浮現，而我未必每次都能憋著不講。但是，請告訴我，為什麼我惹得妳這麼不高興。」

「我也說不上來。」

「是因為妳名字或生日的內幕被我揭露嗎？或者只因為巴佐爾孿生弟弟的隱私被我揭發，妳聽了心裡發毛？」

「大概都有吧。說真的，我被你嚇到了。別人完全不知情的東西，或做了之後被忘光了的事，你怎麼掌握得那麼清楚？我聽了好害怕，尤其是雙胞胎弟弟被吃掉的事實。或者是，搞不好我一點也不想聽。」

「非常抱歉。」他伸出右手，掌心覆蓋她的左手，她沒移開，但他收回了手。

「這條魚的滋味一定很鮮美，我敢保證。」他換個話題。

「你對魚也無所不知嗎？」她邊切一塊邊說著。拉烏爾心想，這話又帶暗刺。但他聽了喜歡。

「完全不懂。事實上，我對烹飪一竅不通。」

「你在家從來不開伙？」

「幾乎從來沒有。」

吃完生魚片開胃菜之後，魚又來了，這一道是炙烤餐。副餐有沙拉，最後有甜點，搭配義大利這一帶的頂級白酒。午餐近尾聲，服務生奉上義式渣釀白蘭地。

快四點了，他們決定再來一杯渣釀。七旬的高個子服務生斟完酒，拉烏爾終於對她說，他多麼高興她願意一同吃午餐。

「像這樣的時刻，在人生當中太難能可貴了，我只希望沒妨礙到妳和妳朋友的活動。」

「你沒妨礙到我和我朋友的活動。」她幽默地學他說話的方式。「不過話說回來，你早料到我今天下午有空，對不對？」

「我能掌握一些事實，或者說，我大致能掌握事實的概況，但無從掌握情緒或思想。正因如此，在人事的方面，我的人生未必一帆風順。我大概從來沒學會如何判讀人心吧。」

「你不像是常看錯人或遇人不淑的那一型。」

他心不在焉，略略聳肩，略略點頭。

「我一生算很幸運了，沒錯。但還是老話一句，我很幸運能掌握事實，能掌握事物，可惜無法掌握對我意義最重大的事情。」

渣釀白蘭地喝到一半，米蘭達的小酒杯停在半空中，「你指的是愛情嗎？」

「正是。」

「在愛這方面，有誰真的運氣好？」

「幸運者占少數。不多。我也認識幾個這樣的人。」他說，表情仍帶疑色，換言之，他自己也不盡然相信這句話，所以兩人一同笑起來。

「你未婚嗎？」她問。

「我結過婚。一次是在我三十幾歲的時候，另一次在十一年前。兩次婚姻之間，也和幾個人交往過，但如今回首，我才發現，和我住過的女人當中，沒有一個是我真心愛過的人。」

「一個也沒有？」

「呃，有一個是。」

「是最近的事嗎？」

「是在我二十出頭的時候。在她之前的那幾個，我完全沒印象了，之後的那幾個也不過是遞補者或占位符，填補空虛用的。每當我回顧……」他沒說完這句話。

午後氣溫偏高但不熱，兩人無言以對，卻也不至於不悅。她仰頭，以盡情享受天氣，欣賞近傍晚的天色，或許也只是以肢體表示，清清閒閒度過午後時光的心情多麼舒暢。拉烏爾低頭時，見到她已脫掉紅涼鞋，打著赤腳，讓腳丫踩在溫暖的砂石上。他聽得見她用腳趾撥弄小石子，動作柔緩。兩人喝完酒，拉烏爾問她想不想陪他散步，就在飯店外圍不遠處走走。她並未拒絕。拉烏爾戴上草帽。在走出飯店大廳、踏上泥土路之前，他駐足片刻。「我愛這聲響。」他說。

「什麼聲響？」

「全然寂靜。好遠好遠的地方有斑鳩咕咕叫，一兩個小孩在海灣裡玩耍的吵鬧聲，宜人的夏日午後偶爾悶悶傳來割草機的嘟嘟響聲，大家都還在睡午覺。我沒有午睡的習慣。」

「我也沒有。」

「對，我知道。」

她點點頭。

「妳原諒我了嗎？」他問。

她對他報以微笑，本來想說：「尚待審議。」接著，想到拉烏爾可能會誤解這一笑的含義——「顯然是已經原諒了。看吧，一頓簡單但美味的午餐作用何其大？」

她不回應，只穿回涼鞋，站到他身旁。

「來吧。我們去散一下步。」

她以為拉烏爾想帶她去海邊，沒想到拉烏爾帶她離開飯店庭院，登上一座長滿海岸松的小山，走向一條狹窄的沙路，最後蜿蜒穿越看似樹林的地方，林地出奇幽靜，在她心中強烈勾起一份少有的祥和與安寧。她停下腳步，吸收著松香。「真是仙境。」她說。

「可不是嗎？」拉烏爾說。他也站住，吸收著陽光和午後氣息。「再往前走幾碼就到了。」他說。

走到樹林盡頭，他們見到一片平地。「香瓜田。」他說。香味濃郁到刺鼻，甜蜜誘人，彷彿進食也無法解消飢餓感。他說，這就好像有些香噴噴的香皂能觸動食欲，讓人明知不能吃卻想咬一口看看。

最後，他們抵達一座種滿進口花卉的植物園，品種在歐洲全找不到。「一百多年前，園主的兒子乘船去遠東地區。」拉烏爾解釋，「帶回來一些種籽，背著父親，偷偷播種栽植。所以這座植物園才用樹林作為掩護。暗地裡，他栽培這些果樹多年。父親死後，果樹已經開花了，不適合易地再種，只好繼續隱藏在這兒。當然，當年的植物死了好幾棵，幸好有幾株存活下來，生生不息。」他問她是否對園藝有興趣。

「一點也沒有，」她回答：「咦，你不曉得嗎？」

「我猜得到。」他回答，以微笑暗示他能領會她在含沙射影。「儘管如此，我還是想介紹妳看一個東西。」

來到院子門前，拉烏爾伸手一推，門底嘎嘎劃過地面才讓他們入內。他轉身，讓她欣賞另一座海灣的美景，一個她前所未知的祕境。在令人如癡如醉的午後豔陽下，他們宛如置身海平面一英里以上的高空。「你想帶我看的，就是這景色？」

他回答，「不是。」他彎腰，伸向一株和膝蓋同高的植物，用手在葉子上搓一搓，然後說說：「這一座是香料園，對園藝沒興趣的人提不起興致。」說完，他攤開掌心，舉向她鼻孔。「聞聞看。」

「什麼東西啊？」她說，驟然縮頭遠離他的手掌。

「先嗅嗅看。」

「好，不過，到底是什麼？」她聞之前還是問個不停。

「妳信不過我，對不對？來，妳雙手搓一搓這些葉子，自己嗅嗅看。」

她的態度總算軟化了，顯得有些詫異。

「我認得這氣味。讓我聯想到某個東西，不過，我說不上是什麼。」

「氣味很芬芳吧，是不是？」

他等她思索一下，接著才說，「近似檸檬香茅，卻不是檸檬香茅。也像薰衣草，但又不是薰衣草。不過我敢打賭，妳從來沒嗅過這種香味，只會觸動類似回憶的感受，但又不是回憶。能震撼大腦邊緣系統[4]吧，是不是？」

「可是，我認得這香味。」她彎腰下去，折下一枝想帶在身上。「我好愛這氣息。」她說。

兩人繼續穿越濕潤的土地，最後來到一小座工具室，有一名園丁坐在板凳上，正在修理一支耙子。

園丁起立，用義大利語叫拉烏爾「將軍」。

4　邊緣系統，專司行為與情緒反應。

拉烏爾向他打招呼，說他想借一支長桿子，用來摘果子送這位小姐。

「這裡的人全都認識你？」她問。

「我每年夏天都在這裡度過。土生土長的本地人都不會搬走，一生都從事同一種工作。在本地，光陰原地踏步。事實上，每次我來這裡，什麼事都不會做。我喜歡什麼都不做。妳看過我在飯店庭院忙，頂多就那樣。」

園丁進了工具室，帶著一根陳舊的桿子出來，交給拉烏爾，然後說，他很願意持桿為他摘果子，但拉烏爾說他自己來就好。他從小就會採了。

「我要妳說說看自己的想法。這種水果不是百香果，但略帶百香果和石榴的風味，也許有點像芭樂。然而，沒人知道正確的名稱，他們喊它『怒果』，義大利文是 frutta dell'ira，背後的典故不詳，可能是園主厭惡兒子種植一大堆奇花異卉和外國樹，在世時不斷罵兒子；也可能是果皮長滿了雞皮疙瘩和大顆痘痘，每年這季節變得紅豔豔。」

一步步接近果樹時，她好像看見有東西動了一動。「這裡的鳥類種類繁多，不過牠們都非常膽小，不喜歡亂叫。跟我來。」

終於來到一株高瘦的樹前，他指向最高的樹梢，有一顆紅通通、看似紅仙人掌果實。「所以才得借重這支桿子，」他說：「這棵樹的果子以前太常被我打劫了。」語畢，他開始戳弄著其中一顆，直到它從樹枝脫落，唰然通過枝葉而下，被他雙手接殺。

他用雙手拇指掐進去，剝開，裡面有密密麻麻的小黑籽，看似魚子醬或番石榴籽。「有時候裡面會有小蟲，幸好這顆完全沒蟲。想不想嘗一口？」

「這就是怒果？」她質疑說。

「沒錯。我母親以前常剝掉果皮，把所有種籽挖出來，然後把果肉切成塊，放進檸檬汁裡浸泡。這果肉的天然甜度相當高，所以她會在上面撒點鹽巴，做成水果沙拉。她的水果沙拉留給我一段最美好的回憶。可惜她過世後，再也沒人做這道沙拉點心了。」

「你小時候住過這裡?」

「只有夏天。我們的房子在小山的另一邊。改天我帶妳去。」

「哪一天?」她問得太突然,拉烏爾吃了一驚,看著她,微笑一下。「明天,如果妳想去的話。」

「要不要也吃個午餐?」

「悉聽尊便,當然。」

「你會再點同樣的菜嗎?」

「可以,沒問題。只不過,妳不會嫌我太無趣吧?」

「不會。」

「有一點點吧?」

「這嘛……有,尤其是在你這樣追問的時候。」

她拿起半個怒果來嘗鮮，邊吃邊思考著。吃完後，一直看著她唇舌的拉烏爾才動口咬他這一半。

「像石榴卻又不是石榴。也許是芭樂，卻又不是芭樂。」

拉烏爾看著她，神情疑惑，片刻之後才悟出，剛才的描述語被她活學活用了。

「嘗過嗎？是不是回想起什麼？」

「朦朦朧朧的。不過，我不認得這滋味。很甜就是了。」

拉烏爾不等她要求，拿起桿子，再收割另一顆，但他來不及放下桿子伸手接，果實直接墜落碎爛一地。

「可惜了。」

他再採一顆看看。這一次，接住的人是她。她學拉烏爾剛才的做法，以雙手掰開怒果，折一小段樹枝，用來刮除種籽。

她喜歡吃。「這種水果沙拉應該不難做。取名怒果好奇怪。」

「妳不是對植物或園藝沒興趣嗎？」

她告訴拉烏爾，她的廚藝不錯。

「對，我知道。」此言一出，他趕緊縮口。「我們回去吧。」他說。

「那我們明天一起吃午餐嘍？」她問。

「同一時間，同一地點。」他回答。

兩人循來時路回飯店，在門口道別。米蘭達的友人正等著去戲水。

「明天穿泳裝來。我帶妳去參觀蒙特薩克羅灣，是個沒人知道的祕境。」

她揮揮手，涼鞋已經脫掉了。

「感謝你請我吃午餐。」

他聳聳肩，意思是，不必道謝，犯不著客套，一切隨緣，畢竟這一切全是他的榮幸。

# 第四章

「你一直盯著我看。」

「對，沒錯。」

「為什麼？」

「因為，我很高興我們能成為朋友。」

他抵達時，米蘭達已經在他這桌坐下。他摘掉太陽眼鏡，欣然注意到，老位子被她占了。這次她似乎想讓出陰涼的位子給他坐。米蘭達戴著草帽，上身是泳裝，下身穿裙子。「我照你吩咐穿了。」

拉烏爾穿短褲和涼鞋。

「話雖如此，我還是覺得驚喜。」他說。

「本來不就是這麼規劃嗎？」

「是的，我知道，不過我還是很高興我們又能共進午餐。」

這時段，吃午餐的客人全走光了，幾乎所有餐桌都為晚餐預做準備。

「我想全照昨天點餐。」

他們點同一款白酒、同一道生魚沙拉，主餐的魚肉品種一如昨日，但這條魚是今天剛上岸的生鮮。

「至於甜點，我們改試別的。」

「沒有쏐果冰淇淋嗎？」

「想得美！」

米蘭達沒忘記쏐果，令他窩心。他喜歡她坦率承認自己記得쏐果的名稱。

「好好享受這酒，因為在今天這樣的日子，這酒是全地球最美妙的東西。」

「我同意。」

「飯後我帶妳去參觀一般觀光客看不到的兩、三個地方。」

開胃菜來了。米蘭達吃著自己的餐包，意猶未盡，向他拿一些來吃，然後乾脆全據為己有。看米蘭達吃得津津有味，他也高興。米蘭達發現他在看她。

最後她說，「你一直盯著我看。」

「對，沒錯。」

她淺淺一笑，不出聲，然後繼續切魚，「為什麼？」

「因為，我很高興我們能成為朋友。」

她點頭，若有所思。「我也一樣。」

「多數人不會這麼說。」

「我就會。」

餐後，離座起身，拉烏爾看著她一腳踩進涼鞋。不到二十四小時前，拉烏爾曾欣賞著她穿回同一雙紅涼鞋。

兩人沿著白白的沙土路行走。在午後驕陽下，除了幾個匆忙去禮品店上班的銷售員外，一路上不見其他人影。米蘭達抱怨涼鞋裡有石子，不得不停下，他扶著她一手，方便她脫涼鞋。鞋子脫掉後，她找不到討厭的石子，拿起來再搖一搖，然後挨著他肩膀，把涼鞋穿回腳上。他注意到，涼鞋在曬黑的腳背上留下細細一道X形的白痕。

「遠嗎？」她問。

「一點也不遠。」

不到十分鐘，他們來到小路盡頭的公路。「快到了。」他說。果然。他們跨過一道歷盡滄桑而傾頹的木造圍牆，海灘就在另一邊。接著是下坡，有一道很細很窄的土地深入海灣，然後往內勾，幾乎形成半圓，難怪岸邊連些許漣漪都沒有。這裡毫無人煙，彷彿連希臘羅馬古人、抑或本地原住民，都不曾染指這片淨土。甚至連高齡橄欖樹也似乎從未經人手栽培過。在義大利半島上，橄欖樹全以方陣格式栽種，唯有本地的橄欖樹長得漫無章法。蟬鳴如常，聲聲不息，斑鳩也咕咕哀啼著。在近黃昏的慵懶陽光下，此景是全世界最安寧的地方，平靜、清澄如從未掉過淚的一雙深色杏眼。

「這裡可以游泳嗎？」

「以前有人會在這裡游。但現在，大家比較喜歡去度假村的海邊人擠人。想不想游看看？」

她點頭。

「現在，我很常在早上來。沒人會來這裡，連個鬼影都看不到。不想曬太陽，橄欖古樹很樂意為妳提供庇蔭。後面還有無花果樹，每年八、九月結果子，免費任妳採。」

她想沿著岸邊散步，讓腳趾踩一踩海水。

「這裡是我的地盤。」他說著開始脫衣服，身上只剩泳褲。

米蘭達遲疑一陣子，見他轉身背對她，她才卸下衣裝，連手錶和項鍊都摘下，丟在衣服上。她仍緊張兮兮，四處張望，彷彿仍不確定周圍是否真的沒人。然後，她才衝向海水。

時辰不早了，豔陽的威力大減，烈日收斂多了，兩人下海，來到腳碰不到海底的地方，開始踩水，極樂和充實感盈灌全身。「看妳後面。」他指向岸邊說。她轉頭看，海灣忽然顯得遙不可及，變得更荒涼，更像天堂，超出她能想像的境界。

「這裡令人別無所求。」他說。

「你說得對。」

「傳說中，古人所謂的忘憂『食蓮族[5]』可能住過這裡。」

「你指的是和尤利西斯同船、拒絕回綺色佳島的那群人嗎？現在我懂他們的心情了。」她說，再度對自己受的大學教育嗤之以鼻。

「我喜愛一路走來這裡，喜愛坐在樹蔭下閱讀，也喜愛散步回去，涼鞋裡仍挾帶著沙子，令我回想起童年。小時候我很討厭沙子跑進涼鞋裡，比較喜歡打赤腳。這裡會提醒我，我確實愛地球這行星，我喜歡活著，甚至可能也喜歡自己。」

「難道你不常有這樣的感覺嗎？」

「沒有。」他回答，語氣顯得有些急促。「我已經告訴過妳了。我認識的人當中，沒有一個是如此。有些人會假裝，有些人努力欺騙自己，其實沒人喜歡真正的自我，時有時無的喜歡不算。陽光照耀皮膚，水就在不遠處，而我正好喜歡我置身的地方，這時候，我才試著縱情品味這感覺。對我而言，唯一還算接近這份感覺的是室內小眾古典音樂會和網球。」

「沒其他了嗎？」

「有時候這兩項也包括在內，但並非一直如此。」

兩人決定再朝大海蛙泳而去。

「妳泳技不錯嘛！」他說。

「是我爸媽的功勞。學網球、學鋼琴，附送游泳班。你自己泳技也不賴啊。」

5 食蓮族，為十九世紀英國桂冠詩人丁尼生創作，靈感得自希臘神話裡一群安逸無憂的人。其中「蓮」經考證應為棗蓮樹而非蓮花。

「從前，這一片是我專屬的海灘。我常跟母親一塊兒來，後來習慣獨自來，再後來是帶個特別的對象。」

「今生唯一的那位？」

「今生唯一的那位。」

「不想讓我報朋友知道這片海灘的話，你願意付多少錢封我嘴巴？」

「妳才不會告訴他們。」

「你怎麼知道？」她問。她鑽進水面下，浮出來，仰頭向後甩髮，雙手拂過臉鼻。

「因為這裡是我們的祕境，現在只限妳我兩個，不屬於其他任何人。」他說完轉移目光，遙望海灣東邊的岬角。

「哇，藏私不放！」她說。

「也許吧。是的。」

他問米蘭達是否能看見前方的岬角盡頭。她說她看得到。他告訴她，以前那裡有一棟建築物，接著問她是否知道那棟是什麼建築。建築在幾十年前就被拆除了。

她思考一陣後說：「我猜是燈塔。但多半在一百五十多年前就荒廢了。」

「為什麼荒廢了？」

「就是個直覺。不然現在留燈塔在這裡有什麼用？」

他認同。兩人都猜那棟燈塔必定蓋得小小一間。

「粉刷成黑白相間的條紋，對吧？」他試探。

米蘭達稍事思索。「不對。我猜大概是矮矮一棟小屋子，用岩石堆砌成圓圓的一個像閣樓的建築，會發出微光，警告船隻這裡有岩石和沙洲。不過，發出的燈光八成不像一般燈塔那樣兜圈子。」

「在我小的時候，」他說：「那裡有過這樣的一棟建築，不過那時已經完全荒廢了。我母親曾告訴我，大戰期間德軍徵用過那裡。她不准我接近，因為怕我踩到地雷。不過，想去看燈塔的話，妳可以照我們這方向游到那座海岩，然後站上岬角的淺灘，可以一路走向燈塔。」

兩人繼續游，游到巨岩處。「青春期的我常來這裡靜一靜，感覺像置身另一個行星，整個人踏出時光外。多麼美好的感受，純然靜謐，純然天人合一。」

「我從沒泡過這麼舒服的水，」米蘭達說：「我甚至連這海水的滋味都喜歡。」

「歡迎光臨第勒尼安海。」

他爬上海岩，坐上顯然是他習慣待的地方，然後對米蘭達伸出雙手，拉她爬上來。

「你常常帶女人上來這裡嗎？」

「才沒有。」

「今生唯一的那位例外？」

「唯一的那位，有。不過，那已經是四十年又兩個月前的往事了。」

「兩個月零幾天？」

「妳非知道不可的話，我可以告訴妳。」

她不語。

「我們以前常帶水果來，像這樣坐著。」

「我猜，是帶黑葡萄來吧？」

「是的，不曉得為什麼，水果先泡過海水再吃，感覺特別好。後來我明白了。鹽讓水果的滋味更甜美。」

「下次我們要記得帶水果來。就帶怒果好了。」

「她最愛吃的就是怒果。我和她像現在這樣，一坐就是半天，聊天，聊得沒完沒了，笑聲比話語更多。」他的語氣歇止一下。「不過，我很高興妳能來這裡。」

「『不過』？」她馬上問。

「我的意思是，我很高興來這裡的人是妳。」

她不知該如何搭腔，也不清楚自己是否懂他回話的含義，於是索性不語。

「很奇怪，我不知不覺中好羨慕她，好羨慕你們兩個，而我連羨慕的理由都不清楚。」

「我們當時好年輕啊，好年輕。百無禁忌。」

但他發現自己轉移了話題，彷彿某件事盤桓在兩人之間，雙方都不願提起。

「從這裡，我們可以游到東岬角的盡頭。」

她點點頭。

「之後，我們可以走去我們放衣服的地方，也可以游回去。上岸後，可以在沙灘上風乾身體。天氣這麼熱，不一會兒就乾了。」

他們去燈塔的遺址參觀，也去看德軍的臨時駐紮地，然後游回岸邊，停留了一會，再走向傾頹的圍牆，等到身體差不多乾了，便穿上衣服。

他把自己的棉質毛線衣讓給米蘭達。米蘭達把毛衣纏在肩膀上。

「這一趟旅程真的好美，」她說：「別人見我穿你的毛衣回來，不曉得會怎麼胡思亂想。」

「隨他們自由去想吧。」

他們不穿涼鞋，赤腳踩沙子，腳乾得比較快，走到了東岬角和陸地相連處。從這裡看，岬角突然更像一座深入外海、沉浸在豔陽下的突堤。

兩人繼續散步，途中他彎腰，拾起一塊浮石送給她。

「這是我這輩子頭一次見到天然浮石。謝謝你。現在美國市面上的浮石表面有好小好小的洞，外表和觸感很像水泥，都被裁成容易拿的小塊。」

她把玩著浮石，似乎暗暗讚嘆著浮石的輕盈。

「我們該回去了吧？」她問。

「快了。我想帶妳抄捷徑，繞向小山的另一邊。那裡風景更美不勝收。」

拉烏爾的捷徑是沿海的一條祕道，穿越鄰近一座小鎮的大街。果然，慢慢接近時，米蘭達眼見人潮熙來攘往的大街，觀光客和度假民眾在一家家高檔商店間閒逛著，偶爾光顧義式冰淇淋攤販、酒品商行、義式濃縮咖啡吧台。

「真讓人不敢相信。這裡從前是個赤貧的小漁村，現在是精品店林立的觀光客陷阱。這裡的店家以前會賣蔬菜和水果，家家也都賣魚。」

拉烏爾踏進其中一家咖啡吧，買兩小瓶氣泡水，遞一瓶給米蘭達。

「你怎麼知道我快渴死了？」

「妳為什麼不喊渴？」

「其實我根本沒想到。」

兩人駐足片刻，拿起自己的水瓶喝水。這小鎮和義大利東西岸的觀光城鎮一模一樣，精品店都連綿不絕，每個城鎮一定有陶瓷店，裡面的商品花樣和風格依照當地特色，其實是在其他地方繪製的。

「這些店，以前都沒有嗎？」

「一家也沒有。」

「這裡以前是什麼？公車調度站嗎？」

「還有哪裡呢？」

她左顧右盼，對本鎮的過去毫無概念。拉烏爾催她，「隨便猜猜看。」

「修車行嗎？電影院？」她隨即改口道：「屠宰場。」

「為什麼會猜是屠宰場？」他問。

「不知道。」她四下張望，見到一面牌子註明馬伽洛廣場。「大概是我不知不覺瞄到那牌子吧。」

「妳不懂義大利文，怎麼知道『馬伽洛』是什麼意思？」

「不知道就是不知道嘛，你幹麼訊問我!?」

拉烏爾即刻認出種種跡象。

「我惹到妳了嗎？」

「對，有一點。」

「為什麼？」

「不知道為什麼，總之被你惹到。」

拉烏爾解釋，他只是想帶她參觀這一帶，介紹這個寒酸的小地方是如何從無到有，如今蔚為高檔商店的溫床。「看看這家電影院，能同時上映三部電影，結果現在三間都放同一齣超級英雄電影。在我小時候，這裡沒有電影院。」

「這裡本來是什麼？」

「三歲小孩都知道。」

「什麼啊？在沿岸南下北上的那種小巴士的調度站嗎？」

「那調度站附近有什麼？」

「我哪知道。釀酒廠吧？你又考我了。」

「我沒有。」

「明明就有。」

「好吧，是有一點。這一棟全新建築，現在是哥德式風格，在我小時候卻是一座草率搭建的兒童樂園，規模很大，通常只延續幾星期就收攤。我爸媽那時常帶我去玩。一陣子後，柱子、桿子、帳篷、旋轉鞦韆、碰碰車全會在一夕之間撤走，等明年再來。」

說著，他們踏上一條窄路，地面整齊鋪設著拱形鵝卵石。上到坡頂，他們發現一家別致的茶屋，裡頭擺滿了桌椅，供逛街的遊人歇歇腳。在茶屋後方，他們瞧見一棟十九世紀的長方形大別墅，周圍是蓊鬱的植物和花園，旁邊有一棟式樣相仿的房子，占地小許多，彷彿大別墅的妹妹。兩棟屋子都有複折式屋頂，和義大利南部的建築風格迥異。

「感覺像諾曼第。」久久之後，她說。

「不意外。屋主是法國人，想蓋一棟能俯瞰第勒尼安海的法式民房。順帶一提，從那房子往下坡走，能直通我們剛游過的那片海灘。來，我帶妳過去。」

「你去過嗎？」

「次數多到我記不清楚了。大的這棟以前就是我們家避暑住的房子。小的那棟是客房，也是小孩子的避風港，我爸媽朋友的小孩都住那棟。」

兩人往上坡前進，按門鈴，屋內傳來兒童嬉戲聲。最後，他們聽見腳步聲，女主人開門了，一見拉烏爾就驚呼他名字，擁抱得十分熱情，照老樣子彼此調侃著對方，像是「你怎麼都不來玩！」「妳明知道我受不了妳。」「可是我們都愛你啊。」「另外就是妳煮的菜太難吃了。」拉烏爾轉向米蘭達，對她說明，朵莉安娜是藍帶廚藝學校出身的大廚師。介紹兩人認識後，朵莉安娜堅持泡茶請客人喝。米蘭達說，不用客氣了，見朵莉安娜不肯放棄，米蘭達的態度才軟化。「妳比他更難纏，」朵莉安娜說著轉向米蘭達，「我還以為沒人比他更難纏呢。」

「我想帶她來參觀這房子。我們就坐一會，等著喝難喝的茶，吃難吃的餅乾。」

朵莉安娜一聽，立刻蹦向廚房。幾個小孩剛聽見英語「餅乾」，簇擁進廚房裡，這時被朵莉安娜大罵。

「暑假一結束，他們就全都要回去上寄宿學校，再也不用我操心了，我終於有空寫書，記錄馬沙涅羅[6]淒慘的下場。」說完，她轉向米蘭達，「我只是個寫歷史的人。」

「來，我帶妳四處看看。」拉烏爾說。

他帶米蘭達穿越走廊，進入飯廳，另一邊通往一大座平台，打開偌大的落地窗就能看海。近黃昏的蔚藍海景廣袤浩瀚，引人入勝，看得見岸邊，也看得見拉烏爾和米蘭達坐過片刻的那塊巨岩，海岬一覽無遺，狀似芭蕾舞孃崇敬的手勢，也顯得漫不經心。

他關上落地窗，陪米蘭達走向客廳。

「我敢說，這裡以前有座鋼琴。」她說。

「這裡？」他問。

「不對，在那邊。」

「我不知道。可能有吧。說不定被搬走了。」

「對，不然那張巴洛克式黑色長椅擺哪裡？就是椅子扶手各刻著一顆獅子頭那張。」

「什麼扶手？什麼獅子頭？我應該知道才對。我小時候住過這裡。」

「我只是想像力太豐富而已。」她說。

拉烏爾帶她進圖書室。藏書已有一百多年沒移動過。「那邊那張情人椅，看見沒？」拉烏爾指著說：「我以前常坐在那裡看書。我的小天地。我讀司湯達、福斯特、哈代，讀我最愛的古希臘文人修昔提底斯、希羅多德、色諾芬。」

「一個人霸占情人椅！」

「這間是我的王國。完全沒變。情人椅、花瓶、醜八怪的大理石雕像，全

6 馬沙涅羅，十七世紀義大利漁夫，後來成為那不勒斯當地反抗西班牙統治的領袖，遭斬首示眾。

都在，雜七雜八的往事也是。我帶妳上樓去。」

樓梯上到一半，米蘭達陡然停腳，轉頭望穿圖書室的廣角窗，簡單說一句：「我知道我來過這裡。」

他沒答腔，只凝視著打在樓梯上的向晚陽光，喃喃自語道：「我知道。」

# 第五章

「你不冷嗎？」

「凍僵了。」

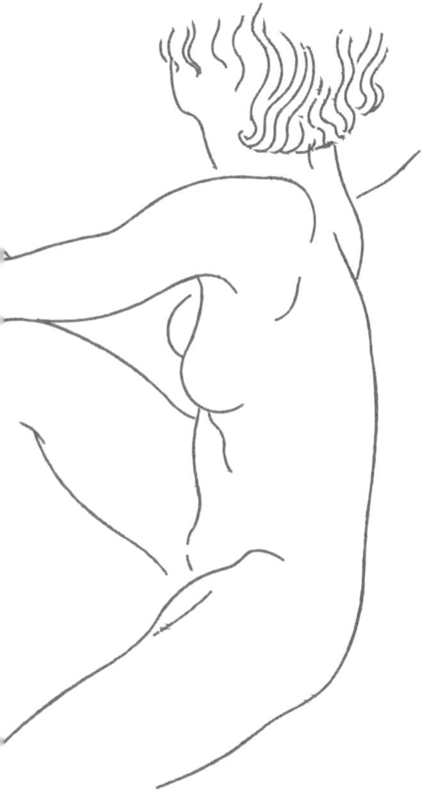

這時候，朵莉安娜呼喚他們下樓，來遊廊喝茶。

「這棟房子好漂亮。」米蘭達說。

朵莉安娜看著她，微笑說：「他拖了好久才決定讓我們住進來。」她邊說邊指著拉烏爾。「裝潢的部分，除了小孩的房間以外，我們改動的不多。連碗盤都沒換掉，有的有裂縫，有的缺角，和這房子裡其他東西一樣。話說回來，我們就喜歡這樣。」

「看看這碟子，」朵莉安娜接著說：「這是正宗的利摩日瓷器，可惜被洗碗機洗壞了。有人警告過我們，洗碗機會把色澤全沖掉，把所有餐具洗得看起來同樣枯燥乏味，結果，我們沒聽進去。」

「照妳那種煮法，妳煮的東西會把所有人類的胃黏膜全沖爛。」

「我再怎麼邀請他幾百次，他不來就是不來。」

「不來是有正當理由的。」他反駁。

米蘭達以雙手舉起茶杯，然後脫掉紅涼鞋，兩腳搭在拉烏爾藤椅下的橫槓。

「這裡是人間天堂。」她最後說。

「妳想來，我們隨時都歡迎——至於他，休想！」

「妳可不能信任她唷。等她煮晚餐招待妳，以後不管誰煮給妳吃，妳都無法忍受，連妳自己煮的菜都吃不下。她是廚房裡的女妖色琦。等妳嘗過她煮的義式白酒燉雞，就別想吃得下別人煮的雞肉餐。更別提她做的反烤蘋果塔了，妳一吃，一生都毀了。」

接著，三人沉默一陣，各自喝著茶，欣賞夕陽在海天交界處揮灑餘暉。

「這裡氣氛好安詳啊。」米蘭達說：「奇怪的是，這景象感覺太眼熟了，好像我來過這座陽台似的。」

「嗯，這屋子是法國建築師設計的，他蓋過太多棟同一個式樣的房子，即使妳去過其中一棟，我也不感到意外。他設計的房屋在波蘭和匈牙利都看得到。」

「不對，我來過這裡，進過這棟房子，來過這座陽台。」

米蘭達發誓說，樓下應該有一台鋼琴，有一張木造的情人椅，有兩個凹凹的椅墊，扶手各有一顆獅子頭的雕像。「另外，我也幾乎敢確定，我待過那間圖書室，特別是下午那座樓梯，我曾在那上上下下。可是，我明明知道自己是頭一次來這裡。在這之前，我甚至從未來過義大利南部。」

「似曾相識效應！」朵莉安娜驚呼，嚼著一塊餅乾。

米蘭達以微笑回應，旋即突然怔住。她從拉烏爾椅子下縮回腳，把茶杯放在這張以尖銳金屬葉裝飾的鍛鐵桌上，遊目張望，轉向拉烏爾說：「要是我相信世上真有魔法，我敢說自己中邪了。我是不是被施了魔法？」

「現代人還信魔法嗎？」朵莉安娜問：「妳讓我聯想到我祖母。」

「不然怎麼會這樣？現在我甚至認得茶碟上的花樣，褪色了照樣認得出來。」米蘭達說。

「可是，這種茶碟在全世界到處都有，妳隨便去哪家店都買得到。」

米蘭達再次拿起茶杯，隨即又放回桌上。

「我知道洗手間在哪裡。我也認得這棟房子。我甚至知道有一台古董縫紉機以前擺哪裡。」她轉向拉烏爾說：「解釋一下。」見他猶豫著，她再次催促，「快！」

拉烏爾最擔憂的莫過於這時刻。一步步走來這階段的過程饒富趣味，甚至甜蜜溫馨，此時此刻卻變得苦悶不堪。

「先從燈塔說起吧，」他說：「接著談公車調度站，然後談屠宰場，最後是兒童樂園。我們甚至可以講到怒果。」

「對，那又怎樣？」

「每次猜，妳都神準，令人讚嘆。甚至我們爬上去坐那顆巨岩時，妳都說中了。」

「我說中了什麼？」

「妳提到葡萄。」

「葡萄又怎樣？」

拉烏爾察覺到她臉上的慍色。幾天前，拉烏爾對她那群死黨的隱私每料必中，她憎惡之餘也有相同的神態。

「妳可以讓我解釋嗎？」

「可以，解釋啊。別再賣關子了！」

「讓我照自己的步調解釋。」他說，對米蘭達投以令人心寒的一瞥。他起身，走向書架，取出一大本攝影集，裡面是路易吉．亞柏提的黑白舊照。「這一帶，家家戶戶都有這本書，」他說：「因為他的鏡頭捕捉到戰後不久的本地風情。」他翻開書，找到剛才帶米蘭達逛過的小鎮。相片裡有公車調度站、兒童樂園、屠宰場。假使她仍有疑慮，封面這張泛黃的照片刻畫出海灣那道狹長的海岬，末端有一座方形的小屋──「正如妳的描述，」他說：「是一座燈塔。」

「別急，先讓我向妳交代一下背景。」於是，他娓娓道來。從前有個年輕人，每年隨父母前來義大利南部避暑。年輕人有個住英國的舅舅。舅舅有個二十二歲的女兒，夫妻倆在英國發生婚變，為了離婚和妻子鬧得不可開交，所以把女兒送到義大利，託付給這家人照顧幾個月，等秋季開學再返回牛津。女孩的爸媽天天在家惡鬥，口角和辱罵聲不絕於耳，在飯廳亂扔東西，她在家的日子很難熬，能去義大利避難她是高興都來不及了。

她在春末搬來，才住了短短幾天，大家就發現，她差不多跟她父母一樣難搞。她出奇地缺乏耐性，對僕人大小聲，對所有人的言談舉止是毫不遮掩的冒失，甚至面對親舅舅都敢出言不遜，幸好舅舅有容人的雅量，每次聽她批判嘲諷這個家，都能忍受她的無理。她還有個壞習慣，常在客廳練習小提琴，一練就連續拉個大半天，吵得全家人在上午十點以後暗暗喊救命。上午她吃點心，總是沒吃完晾在客廳，咖啡杯在木櫃子上留下一圈圈的污漬。

而這還不算最惡質的。她對那年輕人更是惡形惡狀數不完。每次他一開口，她必定出言牴觸爭辯，也毫不諱言對他多麼鄙視。剛搬進來沒多久，有天晚上，她見青年走進客廳，想跟父母親道別。青年穿著新西裝，正要去赴晚宴。她上下打量他一番，冷笑一陣，糗他這套西裝明顯是買現成便宜貨，襯衫顏色太鮮豔，跟領帶也不搭，袖子太長，外套太寬鬆。她說，難道你買這套西裝的構想是，過幾年發福還能繼續穿嗎？

他深受其辱。

他衝回樓上，脫掉一身遭她嘲弄的西裝襯衫和領帶，換穿別的衣服，結果她又說：「穿這樣，也沒有比較稱頭。」

青年對她也同樣厭惡。特別令他看不順眼的是，她擺明了就是自戀，每次走路遇到鏡子或黑玻璃，總忍不住瞄一眼，看了再看，檢查上衣、頭髮、臉蛋。有時她和別人對話，目光也不聚焦在對方，而是明顯看著鏡子裡自己那張臉。

青年自身的態度也好不到哪裡去。每次青年的父親不在家，他就想扮演一家之主的角色，總表現得趾高氣揚，令她受不了。明眼人都能預見，青年一旦考上律師資格，就能經手父親的事業，最終必定能繼承父親的事務所。而眾所皆知的另一件事是，青年討厭她住在同一屋簷下，巴不得早點趕走她，逼她帶小提琴回去投靠激戰中的父親或母親。

那年夏天，他為了律師資格考試苦讀，最不樂見的是外人闖進來打散原本平靜的居家生活，她卻在客廳練琴，成天嗡嗡聲不中斷。更糟糕的是她有個惡習，喜歡邊拉琴邊哼歌，有時甚至順著琴聲展現歌喉。有幾次，青年的母親委婉勸她找個遠一點的房間練琴，以免琴聲干擾到用功中的兒子。

準備考律師的他在房間苦讀，她則在客廳裡高歌，簡直是存心挑釁。最後有一天，青年決定自力救濟，要求她在他用功期間不要再練琴了。他說，我在準備考試。她的回應是，我也有試要考。要練琴，可以回妳家去練，別在我家練。兩人因此大吵一架，他氣炸了，罵說，妳又不是我妹，這裡也不是妳家。「更何況，妳根本不是妳爸媽的親生女兒。」他補上這句話，加重諷刺的意味。

「什麼？」她複誦著，口吻充斥著嘲弄。

「就是字面上的意思。」

她一臉迷惑。

「哇，原來妳不知道啊，對不對？」他終於問了。

「不知道什麼？」

面對她，青年講話從不拐彎抹角，這時他直言，她的父母跟她毫無血緣關係。她的爸媽兩人其實是遠房表兄妹，彼此的血緣關係甚至還比較接近，跟她差得遠了。

「妳呀，親愛的女孩，」他說：「是領養的。妳是誰生的，沒人清楚，所以，妳可以說是一般人通稱的雜種狗。」

她聽得啞口無言。她確信，這句話是他捏造的，用意是刺傷她的心，然而，猛然被點醒，反而能讓人認清一切事實，為他這句話平添一抹真實感。更令她詫異的是，這個消息不怎麼令她難過，彷彿她從小就懷疑自己不是親生，只是沒空、沒管道、缺乏意志力去進一步思考血緣關係。但是，比那句話更加令她錯愕的是，她聽了感覺整個人如釋重負，彷彿自己總算能名正言順跟父母劃清界線。她從小就想擺脫爸媽。

她總有一份莫名其妙的直覺，懷疑自己不是爸媽的親骨肉，但這份直覺從何而來，她沒概念。話雖這麼說，她才不願盡信他爆的料。她破口大罵：「你騙人！」嗓音之嘹亮在平靜的這個家是前所未有。她賞他一耳光，叫他憑證據講話。「用不著證據。妳發這麼大脾氣，就是鐵證了。」他回應。青年從未挨過女人的巴掌。出手打人，顯示她霎時無助，他因為自己能讓她露出驚慌的神情而喜上眉梢。挨了一耳光居然還笑得出來，她看了勃然大怒，伸出指甲想讓他破相，手腕卻被他及時抓住，他問：該去練小提琴了吧。「你這個魔獸，你這個下流鬼。」她隨即把持住自己，說道：「告訴你好了，你爆的料，早就是舊聞了。被你這麼一提，在我眼裡，只會讓你顯得更下流。好了，快滾蛋吧。」

「該滾的是妳。」

她頭也不回地離開客廳，重重甩上門，嘟囔著：「你是個畜生！」她曾聽母親如此罵她父親，如今她才知道，兩個都不是她的親生爸媽。「你們所有人滾得越遠越好。」她嘶吼。

但這天後來，青年自我反省，覺得那句話對她太過分了。他這時了解，他惹她討厭的原因多得是。他朗讀詩詞給母親聽，這女生在一旁苦笑；每次他去海灘前抹防曬油，只塗滿雙手，她看了嘆氣，從這些反應他已經明白，他裡裡外外每一點都惹她討厭。看電視新聞時，他因有感而發，自以為評論得語重心長，卻聽她用鼻子出氣，從眼神就看得出她的鄙夷。此外，他養成一堆怪習慣，每早報紙一送到，必定搶先閱報，不准他人先翻閱。家裡其他人都是有空才讀，有時拖到午餐後一、兩個小時，或者晚上才看報紙。他的作風古板，凡事斤斤計較，而他似乎自知，也引以為傲，所以那天她見他穿西裝去和朋友餐敘，才損他一頓。她討厭他拿著車子鑰匙叮噹甩，討厭他的鞋子在拼花地板上發出叩叩叩的聲音——連他的笑聲也討厭。她甚至討厭他剝水果皮的惡習。他吃橘子，不喜歡吃表皮，連每一瓣果肉上薄薄的白色表皮都剝，柳橙和葡萄柚也是，剝下的表皮丟在盤子裡，任其風乾，彷彿爬蟲類幼雛蛻下的皮。他甚至連番茄皮也剝，馬鈴薯和小黃瓜亦然。以上沒有任何一點讓她看得順眼。現在，她想咒他死。從她臉上，他能看清這意念。他覺得又好氣又好笑，像是他希望她討厭他，因為他也討厭她，討厭得很過癮。

有一次，他對她說了糟糕的話，父親要他道歉，他拒絕，說他永遠不會對她這種人賠不是。他如此堅拒，是因為她也曾用傷人的話罵他，父親於是也要她道歉，她竟直白回應一句令人難忘的話：「我不知道該怎麼道歉。」

儘管兩人的紛爭多得很，雙方在他父母面前都夠識相，不讓他父母得知他倆瞧不起對方，也絕口不提他揭穿她身世一事。晚餐時，兩人都懂得守規矩——「能麻煩你傳鹽巴罐給我嗎？」「當然。來，給妳。」而在前一天，她才罵他「畜生」。早餐時，父母通常也在，兩人會互道「早安」，語調顯得熱情真摯。晚上闔家看電視，他們總坐在同一張沙發上。進出家門時，或在空曠的走廊上冤家路窄，他會沉聲罵「混帳」，她也會沉聲回罵「下流鬼」。有一次，在樓梯上擦肩而過，他的手肘不慎撞到她，力道不輕，她馬上用球鞋尖端猛踹他小腿一下，痛得他驚叫。「給你一點教訓。」她說。後來，她被花園的空心磚絆倒，他忍不住叫道：「痛死妳最好。」

花園裡的鍛鐵桌以尖銳的金屬大葉子裝飾，微微突出，有天割傷了她手腕，他見她流血，急忙去藥櫃取來一捲紗布，對著紗布猛澆酒精，用來擦拭傷口，然後用紗布緊緊纏繞她手腕三圈。在幫忙止血的過程中，有兩件事令他喜在心中，他不清楚自己比較喜歡哪一件：在緊急事件裡展現療傷的專業，或者看她被酒精刺痛。針對酒精，她說：「你故意的。」他聽了只是笑笑，一面以拇指按壓傷口，一面打結紗布。他說：「就是故意的。」她說：「根本沒必要倒那麼多酒精。」他說：「至少妳的傷口不必縫。」她說：「我又不是白癡。」意思是，連白癡也看得出這點小傷用不著縫。「哼，妳是白癡啊。」說完，他扔下她，離開花園，也丟下酒精和紗布，讓她自己拿去藥櫃子歸回原位。

「對啦，」她回嘴，「可別讓我拖累你。」他早已一溜煙走了，聽不見。

同一天下午，她躺在沙灘上曬太陽，他走過她身邊，帶著玻璃瓶裝的冷水，聽見她說：「水可以給我喝一口嗎？我忘了帶水來。」他不假思索拋出瓶子，水瓶落在她身旁的沙地上。她並非無感於這動作的輕率，只是口渴到不得不壓抑怒火，不敢嗆聲。她拿起水瓶，拭去瓶身上的沙粒，打開瓶蓋，連續喝幾小口。接著，她發現沙子也掉到她毛巾上，她伸手拍掉海沙，然後揚起視線，看著他，作勢想交還水瓶。「你為什麼討厭我？」她冷不防問。

來不及思考怎麼回答的他，只拋出腦海裡的第一個想法，「我不知道。」

「可是，總該有個原因吧。」

他聳一聳肩膀。「妳知道妳為什麼討厭我嗎？」

她搖搖頭，意思是她既不清楚，也不想探究。

「那我們算打平了。」

「大概吧。」

她問他，手傷隱隱作痛是否正常。

「是，也不是。」他回答，然後說他應該再檢查一下。她只抬起手腕讓他檢查。

他悉心拆開幾小時前包紮的紗布，對照左右兩手腕，說受傷的那手不紅不腫，然後單手掐一掐，問她痛不痛。他在傷口稍加施力，她說：「你故意的。」他不回應她的指控，只是建議她去客房藥櫃子找殺菌藥膏搽搽看。他放開她的手腕，站起來，正想走開。

「你的水瓶不要了嗎？」她問。

「妳留著。」這話帶有他對她慣用的傲慢口吻。

「你其實沒必要傷害我。」

「我不是有意的。」他回應。

「怪了，我怎麼一點也不相信你講的話。」

「就算我是個徹頭徹尾的下流鬼，」他套用她的罵法，冷笑說：「但我可不是喪心病狂。」

她看著他，不語，但明顯可見她正考慮以毒攻毒，想用殘酷的話譏諷回去，反制他敷衍的道歉。

「這傷口，該不會惡化成敗血症吧？」她停頓一陣才問。

「我見過比妳更嚴重的割傷。」

他自願去幫她拿藥膏。

「省省吧。」她說。

「隨便妳。」

他說完就走人。

隔天早餐時，他問：「情況怎樣？」

「好一點了。」

兩人對話僅此而已。他看報紙，她溫習著巴哈的夏康舞曲[7]，他和母親交談，她和舅舅交談。

在海邊，她脫掉比基尼胸罩趴著，他走向她，跪在她旁邊，要求檢查她的傷勢。

「沒必要。」她語氣很衝。

他站起來。「我只是關心一下。」

「有好一點了，我感覺得到，」她說。她意識到，自己對他的態度或許過於無禮。「你想檢查的話，可以看一看。」

「我保證不會摸傷口。」

「我剛還期待傷口被你揉，甚至被捏呢。」

「我告訴過妳了，我不是變態。」

「對，你說你是下流鬼。」

「我只是順著妳的話說。」

兩人鬥嘴鬥到笑出來。

「我們真的沒理由互相討厭。我這人心眼不壞，我相信你也一樣。」她說。

他決定不爭辯。

「可不可以幫我一個大忙？只不過，可能會害你耗盡今天虛情假意的力氣。」

「幫什麼忙？」

「我的手腕不管用了。你可不可以幫我在左肩膀塗一塗防曬油？」

7 夏康舞曲，巴哈追思亡妻的小提琴奏鳴曲。

他拿起她那瓶防曬油，開始塗抹她的右肩。

「塗錯邊了。」她說。

「我知道。我想兩邊都塗，以免妳曬得不均勻，不好看。我曉得妳多麼重視外表。」

他為她抹平防曬油，然後改塗她的背，竟然發覺自己不討厭她的皮膚，越抹動作越慢，手在她身上徘徊。

她馬上察覺他的動作有異，過一陣子才問：「你在做什麼？」

「不過是塗抹防曬油而已。」他回答。之後，他卻叫她身體稍微往上挪，毫不遲疑對準她的左胸抹油，然後搽一搽右胸。「這樣才不會被曬傷。」他微笑說。

她不吭一聲，僅以視線跟蹤他的大手，看著溫吞的手撫弄再撫弄酥胸。接著，她的目光往下走，瞧見他的褲襠，驚呼一聲說：「喔，原來如此。」

他不吭一聲，繼續撫弄著左肩，然後右肩，回到左肩，再回到乳房，而該塗防曬油的部位早已塗完，手上的防曬油也迅速乾掉了。隨後，他伸手去拿她那瓶防曬油，再倒一些進自己的掌心，抹向她的頸背、後背、手臂外側。

「你想對我怎樣？」她問。

他再次無言以對。

「我呢？妳想對我怎樣！」他過了一會兒才說。

她再看一眼。

這時候，她突然撐起身，盡量憑單手穿上比基尼胸罩，將她從屋裡帶來的毛巾捲好。她站起來時，膝蓋差點撞到他下巴，彎腰拾起雜誌、防曬油、太陽眼鏡，往回走。

然而，她那句「你想對我怎樣？」糾纏著他，整個上午在他腦海裡迴盪，他只能在無人的海邊宛如木頭人躺著。他猜她在生他的氣，但他也明白，她雖然語帶指責，意思是「你竟敢亂摸我？」其實弦外另有欲望之音，也帶有驚愕，也可能挾帶屈服的意味。「你想對我怎樣？」

他一生從沒被女人如此罵過，而她這句講得嗓音緊繃，語調對他下了魔法，令他意亂情迷無法自已，只得躺在沙灘上，無法思考，無法閱讀，甚至連七月海浪輕輕拍岸的聲音都無法享受。他的腦子沒有其他雜事，只容得下那對酥胸，而酥胸長在他討厭的女人身上。接著，突然間，他頓悟出，那句話也在他心裡觸發一份情懷，因為那句話講得既不溫馴也不柔弱，出發點也非憤怒，甚至也不是衝動。那句話講得野蠻。她充滿野蠻心，不是生氣，也不是激動。看她捲毛巾的動作，看她不顧手傷、執意穿上比基尼的態度，看她毫無羞赧袒胸露乳，看她瞄他胯下後嗤之以鼻，以冷笑相對，一舉一動全來得突然、無恥，而且，是的，也很野蠻。

事隔好幾小時，晚餐時刻到了，他想下樓進飯廳，途中和她不期而遇。

要不要像前幾天那樣，手腳再較量一下？她身體平貼著樓梯間的凹牆，示意讓路給他通過，以動作表明她決心避免再推擠，只不過雙方都意識到，沙灘防曬油事件之後，兩人都不會再付諸推擠的舉動。在她讓路的同時，他也有一模一樣的動作，擠向扶手欄杆，讓她通過，同樣暗示著，雙方不願再對罵，更不想照慣性使出肘擊。他知道她容易受到他人反應影響，而她平貼牆壁的誇張動作，他判讀為她小題大作的老毛病又犯了。至於他擠向欄杆的舉動有何含義？她的判讀遠比他準確多了——她心想，他在緊張，他對我有好感。

「在海邊，你為什麼亂摸我？」下樓之際，她問著他。

她等著他回答。

結果卻被反問：「妳為什麼讓我摸？」

她對這句話不悅，他察覺她又要使壞了。

「我們要時時刻刻當仇家嗎？」他問，希望在怒焰爆發之前消消火氣。

他反覆演練過這個問句，以為這麼問或許可望重溫今早沙灘上的過往。

「我們是仇人嗎？」

丟下這句話，她衝下樓去吃晚餐。

拉烏爾心臟怦怦跳。

她口是心非。她不可能講這種話。

客人是一對夫婦，已經入座了。拉烏爾進飯廳前，找機會對她說，她剛講的話，他一個字也不相信。

她笑笑。「我知道。」

他難以自遏。「妳知道我不該相信妳，還是妳知道我不信？」

她再以剛才的眼神看他，又說：「不是告訴過你了？我知道。」

他一生從未遇過比她更玄的人。他遇過的人當中，縱使對方有意閃閃躲躲，他照樣能一眼看穿。

「我把妳嚇成非對我講謎語不可嗎？」

她思索片刻，然後去和客人打招呼。

「我怕的人不是你。」

「不然怕誰？」

「不然怕誰？」她模仿他的語氣。「我怕的人是自己。我自己。懂了沒？」

他徹底迷惘。

「這下你知道了吧。」

晚餐期間，兩人不曾交談一句。飯後，她在他踏上樓梯時攔截他。

「我會去你房間。」

「什麼時候？」他問。

「我不知道。」

當晚，他無法成眠。每次房子吱嘎響，他就篤定是她在開他的門。但他繼而一想，她不是那種人，不會踮腳尖偷偷摸摸開別人的門。何況，平日門關得緊緊的他故意留一道縫，特意對她傳達歡迎請進的訊息。既然如此，她為什麼不上門？也許，她承諾得太倉卒，用意只在逗弄他，其實她根本沒考慮要守信？或者是，晚餐後他講錯了什麼，導致她改變心意？或者是她忘記了，倒頭就睡著？

既然意識到她不會來，他決心把她喚來夢鄉。或許他果真夢見她了，只不過，這場夢不盡然是夢，而是近似夢境的幻影，令他反覆不停重回今早的沙灘，探究她那句「你想對我怎樣？」他塗抹著她的酥胸，開始按摩她的腳丫、腳跟、足弓、腳趾、趾縫，兩腳都按摩完，他聽見她說：「你想對我怎樣？」在夢裡，他只回答：「我在做什麼，妳完全清楚，妳當然知道，一直都知道。」接下來的時刻是他最回味無窮的一段，但每次他在夢鄉遠遠見那時刻即將來臨時，就祭出拖延戰術，盡可能拖延，越久越好，百般延遲，因為他明白，那一刻一旦降臨，她會陡然翻身、起立、遠離沙灘。唉，她的確是看清了，正合他的心意，她怎麼可能視而不見呢？因為這也是兩人之間的一件實情：彼此如此毫不在乎對方，乃至於缺乏羞恥心，不受良心譴責，百無顧忌，所以他才出手撫觸她，所以她才不制止他，所以她才看見了，他也慶幸被她看見。

「妳昨晚怎麼沒來？」翌晨他對她說。

「我說過嗎？」

「我只但願妳能來。」

「我從不道歉。」

他拒絕再跟她對話。那天後來，他去海邊，刻意躺在遠離她的地方。

然而，後來有天早晨，在他早已篤定不再把她放在心上之後，他一覺醒來竟發現，她正坐在書房前的椅子上盯著他看。

「妳坐多久了？」

「一陣子。」

「只坐著看我睡覺？」

「對。」

「為什麼？」

「因為看人睡覺可以學到很多東西。」

「妳學到什麼？」

「我學到，你可以是個很貼心溫柔的男人，可是，你睡得不開心。你牙關緊緊咬著，有時候滿臉氣呼呼，好像正在跟心魔對抗。」

「這麼說來，搞不好我在夢裡正好想到妳。」

話一出口，他頓時覺得有必要進一步說明，「我成天滿腦子都是妳。我睡覺想起妳，夢見妳，醒來就這副德性。」他想嚇唬她。她沒被嚇到。「真的假的？」她說。

「後來有一天，我睜開眼睛，發現妳在我房間裡。」他挪身到床緣，再次掀開被單，明顯在邀請她上床。

「才不要。」她說。

她不懂自己為何回絕得如此粗魯，但她也喜歡拒絕他。

「妳信不過我？」

「我已經告訴過你了。我信不過的人不是你。」

語畢，她離開他房間。

然而，事隔幾夜，他稍稍考慮一陣子，貿然決定溜進她的臥房。他不知該穿什麼好，索性只穿泳褲去。她的衣物擱在椅子上，他找不到椅子坐，只得坐上一口矮木箱。木箱裡裝著家庭縫紉機。他就這樣坐著，看她睡覺，接近黎明時分，寒氣變重，他照樣光著上身坐。

「你在幹麼？」終於睜開眼睛的她說。

「輪到我了。」他說。

她不語，只望著穿泳褲的他。「你是打算來我臥房游泳嗎？」

兩人不禁哈哈大笑起來。「我還沒決定。不過，我現在好冷，一大早穿泳褲實在是太可笑了。但是來之前，我不知道該穿什麼才好。」

「你不冷嗎？」

「凍僵了。」

她用腳推開被單，露出赤裸裸的胴體。「我一直在想你。」她無需再多言。他褪下泳褲，哆嗦著，爬上她的床。她擁抱他，以身體壓他暖和他，雙手捧著他的臉，對他說：「你來了，我很高興。」

從那刻起，兩人宛如中邪了，形影不離，恰似崔斯坦和伊索德[8]。

兩人有所不知的是，彼此仇視、敵意、鄙夷在先，親暱感才可在暗潮下滋生，在雙方無意識中、不疑有他之際，瞬間爆發並擴散。親暱感不茁壯，不開花，而是僅僅在沙灘事件當天冒出頭來，在他的水瓶降落她身旁的沙地時、在他碰觸她肌膚時迸發。由於雙方連想都沒想過，更不曾許願盼望好事降臨，彼此只任憑肉體去取決，不聽從心聲，不順應理智，也不因能瞞著家人偷歡而踰矩。就他們所知，這場露水情僅此一次，一次而已。然而，由於他們不懷抱任何期望，甚至也不期望從中獲得歡娛，兩人因此放不開對方。師法巴哈的她某日曾解釋，這現象是「反行[9]」親熱。兩人就此縮進對方的天地，把握僅存的夏日，一有機會就做愛。他們從不質疑為何做愛，交歡時也毫不保留，因為至少在一開始，兩人似乎都不在乎對方的想法、感受或需求。開通雙方之間橫阻的並非友誼，而是愚弄了他們的敵意。

8 崔斯坦和伊索德，十二世紀浪漫悲劇。

9 反行，源於巴哈名曲《反行卡農》。

交往延續到十月，總共四個月。她想放棄牛津的學業，他想追隨她去英國。兩人都夠明智，知道世上沒有不散的筵席，乾柴烈火的激情更不會持久，但他們天天上午赤條條爬上巨岩做日光浴，每天午後、每晚做愛，有時候去看電影，對任何事物任何人都沒興趣，眼裡只有對方，做任何事必定結伴。她一度問他，這是真的還是假的？他回答：「有哪一點讓妳覺得不是真的？」「沒有。」「那妳幹麼問？」「因為我們有必要問，因為我們有必要知道，因為我擔心會遇到最糟糕的狀況。」「如果妳想去英國，我會搭同一班飛機陪妳去。如果妳想乘船，我想陪妳出海。即使妳只是想過馬路，我也陪妳走。」

她出車禍喪生，地點在不到五英里外。她才剛滿二十二歲。出事原因是當晚照明不佳，懸崖上的路面曲折而滑溜，而且濃霧瀰漫。他早該阻止她上車的。是有預兆的：他曾倏忽想起兩人從未提過「愛」，那時他突然知道苗頭不對，否則不會沒來由興起那念頭。但他信不過自己，選擇對警訊視而不見。

「我能做的事很多，」拉烏爾說：「我能為人治療背痛，能把腎結石化為無形，能呼風喚雨，能讓船隻停航。小時候，我能讓校車慢一點到學校，能憑空變出一個空車位，好讓我父親少一分煩惱。我能在我們進餐廳前、甚至還沒點餐，就讓飯菜煮好。但是，我在這方面卻毫無能耐。」

他沉默了片刻。

「我告訴她，『總有一天，我們可能對這一段失去興趣了，回頭再討厭對方，上下樓梯時互相推擠。』她說：『可是，到了那一天，我會不小心割傷自己，你會來幫我包紮傷口，然後，說時遲那時快，你已經溜進我臥房，只穿泳褲，要求我暖暖你身子，我們也會游泳到那塊巨岩上做愛，直到破曉時分快凍僵為止。』」

「我讓你聯想起她嗎？我們一起爬上那塊大石頭的時候，你是不是考慮跟我做愛？」米蘭達問。

「妳不會懂的。」

「我不懂什麼？」

「我的確在巨岩上和妳做過愛。只不過……」

「只不過怎樣？」

「只不過，那是四十年前的事了。她的名字，我敢說妳已經猜到了，她名叫瑪莉亞。但是，現在我回想起來，當初死去的人是我，不是她。一輩子行屍走肉的是我，只不過……」

「又只不過什麼？」

「只不過，她就是妳，而現在的妳，生命跡象強過我一生任何一個階段。」

米蘭達聽了汗毛直豎。照他的說法，活到現在的她一生都像冒牌貨，彷彿她一直頂著瑪莉亞的外殼過活。假如她前世果真是瑪莉亞，她今生的見識和所作所為全都不如瑪莉亞重要。她說，她還沒準備接受這個活在陰影中的自我。

「請快別生我的氣。我不是有意貶抑妳的今生，不是要求妳跟前世競爭，更不是要求前世接管今生。我只想和妳在一起，幾個鐘頭也好，幾天也好，別無所求。」

他停頓幾秒。

「妳可能再也不想來這棟房子了，起碼不會再跟我一起來，我在世的期間妳更不會來。在我們離開之前，我想帶妳去看一個東西，」他說。

「什麼東西？」她問。她已經變得煩躁不安，充滿敵意。

他不告訴她，只帶她上樓。「剛才一直提到的樓梯就是這一座。」他說，心知她聽得懂。然後再上一層樓。他打開門，進入一個小房間。

「我認得這房間的氣味，」她說：「我認得這氣味。」

「以前是妳的房間。以前有什麼東西擺在這地方，妳一定知道。」他看得出她已經猜到，更明確的說法是，她向來都知道。她無需回應。

「沒錯，」他說：「我要讓妳看的是這個。」他邊說邊打開一個櫃子，「我們把它當成紀念品，保留下來。不過我保留它，是因為知道妳總有一天會回來看它。」他從盒中取出來，打開絨毛包裹布。

「可以嗎？」她問，意思是她想摸一摸。

「這東西是妳的。妳想帶走也行。」

「真的嗎？」她問，用手心輕撫著它亮麗的楓木背。

「真的不能再真。」

「可是，我從來沒拉過小提琴。」

他微笑。

「為什麼送我？」

「這是我手上唯一能證明妳就是妳，而且妳已經回來的東西。有了它，證明妳沒死，妳只是跑掉了。」

「我不能收下。」

「妳再考慮看看吧。能答應考慮一下嗎？東西是妳的。」

她點頭。

「我另外有個東西想給妳看。」他說。

「又有什麼東西？」

拉烏爾不理會她的語氣，再打開另一座櫥櫃的門，裡面堆放著寢具。他一手伸進一條薄布底下。這條墊布上堆滿了摺得整整齊齊的桌布和各色餐巾。他從下面抽出一枚正方形的信封。信封未封緘，他從裡面取出一張彩照，相片裡有一對穿泳裝的年輕男女，兩人對著鏡頭笑得燦爛，略微瞇瞇眼，大概是被豔陽照到臉。巨岩在遠處。她提著一個塑膠袋，想藏在背後。她的頭髮很短，兩人都曬得很黑。

「這是瑪莉亞？」米蘭達問。

「是的。」他回答。

「她長得好像我。」

「她就是妳。」

「我們連膝蓋和腳丫都一模一樣。」

見她抬起手肘仔細看，他說：「手肘也一樣。」她認同。

「你們兩個也長得好像。」她說。

「我知道。我們有時覺得彼此是同一個人。」

「所以，你一直保留這張相片？」

「我當然保留著。我倆的合照唯獨這一張。」

「誰拍的？」

「某人。」

「她不想被拍到的那塑膠袋，裡面裝什麼？」

「妳知道答案。水果。她剛用海水沖洗過。」

米蘭達再次凝視著相片。

「收下吧。」拉烏爾說。

「是你的。我不能收下。」

「如果妳收下，對我更有意義。更何況……」

「又來了，討厭。更何況什麼？」

「我要妳收下，不是沒有原因。」

他停頓幾秒。

「我要妳記住相片中的年輕人長相。」

「為什麼？」

「等妳活到我這歲數，妳會遇見他。」

「你把我下半輩子講得那麼沒趣，那麼一文不值。」

語畢，她反芻著自己說的這句話。

「快帶我回飯店吧。」

兩人一同離開房間，步下陳舊的樓梯。

# 第六章

「……然而，我們卻從不提『愛』字。」

「為什麼？」

「也許是因為我和她之間不只是愛……」

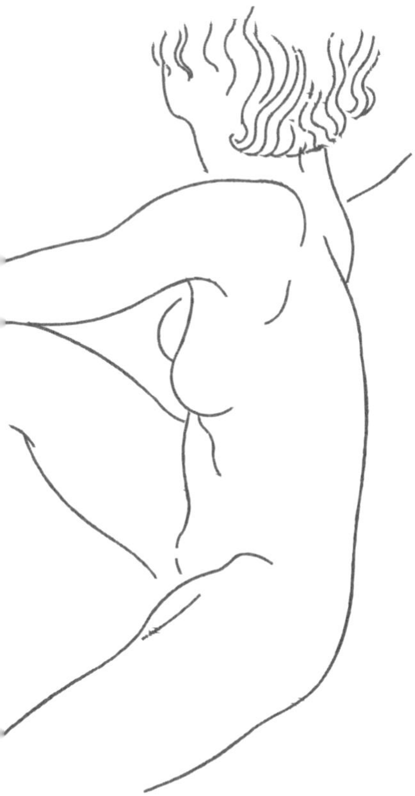

回飯店途中，她的步調遠比先前快速，不是急著回飯店，就是決心表示她想保持距離。拉烏爾並不覺得意外。她說她想沖個澡，換衣服。她那群朋友計畫今晚一起上山去夜店瘋一晚。拉烏爾向她道晚安，兩人在大廳各分東西，她進電梯後，卻又突然走出來。見她出電梯的身手如此敏捷，拉烏爾心生無窮盡的希望，深信自己剛才徹底誤判她了。她走向他，一個動作解開毛衣，退還給他，旋即重回電梯。

後來，他走向燈火通明的泳池，進到池畔的用餐區，米蘭達的友人們招他過去。

「麥爾康想問你還有沒有明牌可以報給他。」巴佐爾說。

「今晚明牌全用光了。代我向他致歉。」

奧斯卡戴著一頂新帽子，秀給他看。「最近的戰利品。」

拉烏爾向他道賀。

「肩膀呢？」他問馬克。

「好得不得了。」

米蘭達不向他打招呼，連轉頭看他也省了，只顧著繼續和安潔莉卡聊天。他知道米蘭達明白他已來到這一桌。短短幾小時之前，他曾在同一地點享用多年來少有的開懷午餐。他心想，怪事，她平常不會跟人聊得這麼起勁，現在卻言語奔放活潑，一會兒跟奧斯卡聊，一會兒又跟同桌遠遠另一邊的一月先生、五月小姐、十一月先生暢談。他心想，我失去她了。今生我第二度失去她了。一同躺在巨岩上的時候，有那麼一刻，兩人猶如一對親密至極的戀侶、摯友、知音。他知道，在那一刻她也有同樣的感受。無奈，命運有時能把最完美的一天砍得稀爛，而就算命運之神不出手，我們也會自己動手摧毀它。他能體會到，這一天的的確確是毀了。

離開用餐區之際，她經過他這桌，在她午餐坐過的位子旁陡然站住。他一時竟一反先前的料想，以為她即將坐下來，願意再續兩人午餐的餘韻。但她只站在拉烏爾面前，一手落在桌布上，什麼也不說。她的臉繃得很緊，他不禁設想，刺耳的字眼將從她口中激射而出，衝著他過來。

但她不發一語。或許，她想等朋友走完後才啟齒，但即使在朋友走後，她依然無言。他只是抬頭望著那副美麗的容顏，同樣無話可說。終於，她開口了，令他大受震撼。「出車禍那一晚，你可以警告我，卻沒這麼做。為什麼？」

「因為我不敢相信妳會出事。因為我以為自己缺乏理性，太疑神疑鬼了。因為我連想都不願意多想。」

「你連想都不願意多想。還真是務實，拉烏爾。」

她以指關節在桌面敲兩下，彷彿想強調重點。但她還是沒走。「告訴你好了，」她接著說：「我還記得那場車禍。我記得車子的聲響，記得體內骨折的聲音，也記得自己沒有馬上斷氣。」

他無法相信這句話竟然出自她口中。「對了，還有一件事，」她說：「肇事原因不是路滑，不是霧太濃，不是倒灌在引擎蓋上的豪雨遮蔽視線，而是你的司機喝醉了，你雇用了一個酒醉駕駛。你為什麼不早告訴我？」

「要是我能跟妳死在同一場車禍就好了，」他說：「就不會陷入現在這種情況。如今，我們只好等待。」

「省省吧，拜託。」說完，她穿上防風夾克，聽見朋友的呼聲。朋友訂了三輛車，其中一輛已經在按喇叭了。

兩人再度相對無語。

「怎樣，你覺得我該不該上車？」她問。

他對著她微笑。「可以，這次很安全。」

「晚安了，就這樣。」

「晚安。」他說。他不太懂她問那句的用意何在。是瞧不起他的預言能力，所以出言譏諷嗎？他甚至無法解讀最後那句「就這樣」。是在講氣話之後，趕緊用手肘頂一頂對方示好，表達和氣謙恭嗎？或者是強化了兩人之間那股冷冽、嘲諷的氛圍，就像他過往跟瑪莉亞一樣，講話老是難免有點敵意、語帶傲慢？

片刻之後，她又走回來。「另外還有件事：如果遊艇拋錨是你在搞鬼，趕快放它走吧。」

他原以為她不把他的話當回事，現在看來她再三思量過他的言語。那天說明腎結石和背痛時，他只隨口一提他們那艘遊艇，沒想到她居然記住了。他考慮回嘴「看樣子，妳現在已經全懂了」。他聽見車子噗噗噗駛離飯店，唯恐再也見不到她了。

那一夜，他重複著著無數個夜裡做過的事。他取出一支雪茄，找到桌位坐下，點一杯烈酒，吞雲吐霧。不讀書閱報，因為他不太想分心。也不聽音樂，因為音符會打散他的思緒。他的腦子只容得下那位穿泳褲闖香閨的青年，想著那青年坐著等女孩醒來，盼能藉由她的胴體取暖。點了半天，雪茄總算冒煙。抽了幾口，他決定捻熄雪茄，喝光整杯酒，去海邊散散心。他把眼鏡留在桌上，脫掉鞋子，褲管捲高，向海邊前進。人想不開，不是會在橋上脫鞋子、遺言往鞋裡塞嗎？脫鞋子卻不脫襪子，究竟為什麼呢？他想不透。怎麼不留下皮夾和手錶？手錶赤誠伴隨主人一生，何苦懲罰它呢？

想到這裡，他有些忍俊不住，竊笑出聲。

他想不通的是，為什麼他越深入事實核心，她就越火大？越能證明她就是瑪莉亞，她就越焦躁。那支小提琴是她的，為什麼她不收下？她不是已經明白他沒扯謊，不是已經能回憶那場車禍，也記得車子滾落懸崖、自己骨折的聲音嗎？據說，酒醉的司機不但被拋出車外，而且葬身大海，從此下落不明。套句義大利文的說法是，餵魚吃掉了。

但她前來敲桌質問的那一刻令他難以釋懷。她問他為何明明能預知車禍卻不警告她，言下之意是一切都是他闖的禍，而她為了強調這一點，還連續叩桌子兩聲。他永難忘記那動作，臨走前還微笑說「就這樣」，彷彿她毫無惡意，彷彿兩人之間始終只有和平，彷彿到頭來，戰爭與和平是同卵雙胞胎。

反過來說，另外也有他們共游至巨岩的那一刻。她跟著他泅水前進，他拉她坐上巨岩。多麼美好的一刻啊，連諸神都羨慕。

諸神當然羨慕。

那一夜，拉烏爾漫步至古燈塔遺址。如今，他對此地的印象不是來自攝影家亞柏提在戰後不到十年捕捉的那幅舊照，而是來自她的描述：「矮矮一棟小屋子，用岩石堆砌成圓圓的一個像閣樓的建築，會發出微光，警告船隻這裡有岩石和沙洲。」這是她說的話。和該相片的說明完全相同。

後來，拉烏爾回房，腦海裡不停縈繞著一份詭異的念頭。能和她共處幾小時，他感到欣慰，但繼而再想想，既然和她重逢了，他能做的事已經做完，別無可做。他苦等這麼久，總算順遂心願了。如今，重逢時刻來了又走——來了又走，他在心裡複誦著。

過一會兒，刷牙時，他喃喃自語：來了又走。書讀了幾頁打瞌睡時再說：來了又走。最後熄掉床頭燈前又念了一次：來了又走。他也回顧了自己六十年前來這世上，如今即將走完的一生。何嘗不好呢，他心想，何嘗不好。

接著，他聽見有人敲門。我就知道，我早料到了，他心想。「進來吧。」

她的穿著如前，和她敲桌時的打扮一樣，同一件上衣，同一件毛衣，同一條項鍊，髮型也沒變，不同的只有口紅褪色了。

「把故事講完。」她說著摘下亞麻披肩，在床邊的扶手椅坐下。他作勢想開房間的大燈，卻被她制止。

「故事，」他悵然微笑說：「他們不准我看遺體。過了幾天，他們想搬走她的東西和衣物，我不准他們動。她的房間全都維持在她走的那天的原狀。每次我回到鎮上，必定上樓進她房間，坐在她床上，思念她。有幾次，我遠道從祕魯搭飛機過來，為的就是在她床上睡一覺。我這一生睡得最香甜的幾次就是在她床上。有時我對她講話，有時我想像她回話。我會說：『我老了。』她會說：『是的，你老了，而且你看起來真的很老，我的至親。』我也會問她記不記得那塊巨岩，記不記得手腕上的割傷，記不記得縫紉機，她會說她記得，當然記得。然而，我們卻從不提『愛』字。」

「為什麼？」

「也許是因為我和她之間不只是愛，或者也可能是愛以外的情愫。但那段情始終不曾飄散，而我也不希望它飄散。直到今天，每次我想起她四十多年前對我講的那句話——『你是打算來我臥房游泳嗎？』——生命中就增添些許笑意。」

她坐在拉烏爾的側後方，拉烏爾看不見她。他覺得這樣也好。在兩人無言的空檔，寂靜忽然籠罩下來，拉烏爾一度以為她已悄悄離開房間，不然就是她根本沒踏進房門一步。

「妳今晚為什麼來？」他問。

「因為你要我來。因為我真的不希望我們就此散了。因為我看得出你悶悶不樂，尤其是在開開心心了一天之後。」

「難不成妳學會讀心術了？」

「有名師親授。言歸正傳，還是把故事講完吧。」她說。她盤腿坐在扶手椅上，椅子離床很近。

他告訴她，在她成長過程中，他時時關注著她，盡量不干擾到她的生活，但他知道她住哪裡，知道她就讀哪一所中小學，知道她申請哪一所大學，室友和朋友是誰。他一直盼望她能學小提琴，可惜她始終沒學。「而且，老實說，我也有點期待妳變老。」

「超過瑪莉亞的歲數？」

「是的，否則，妳八成會懶得理我，更不可能陪我吃午餐。」

她微微搖著頭，彷彿想責備他，但不知該責備什麼，於是只以搖搖頭算數。

「為什麼不乾脆放手，忘掉我，對這整件事釋懷？」

「事到如今，我能嗎？尤其是經歷過今天以後。妳能嗎？」

「我可以試試看。」

「難道我沒試過嗎？妳帶給我多大的快樂，妳知道嗎？我當時體會到的不是喪親之慟。我沒有哀悼。我甚至不為了妳過世而傷心。我只是覺得自己的身體缺了一半，人生少掉一半，也許整個人生都不見了，落得只能披著別人的臭皮囊過活。我不再是我。然而，我最擅長戴假面具逢場作戲。多年來，每當別無旁人時，例如洗澡時，穿衣服時，獨睡時，週日晚間在廚房切菜時，我都會囁嚅地喊妳的名字，瑪—莉—亞—喊出聲音，我覺得自己太荒唐了，另一方面卻也因為生命中有這名字而覺得幸福，因為我能喊這名字，喊的同時也能對它傾訴，如同現在對妳傾訴。某一天，我領悟到，我非見妳一面不可。不是想重溫四十年前的種種往事。我只求能和妳同在，一個鐘頭也好，一天也好。再多，我不敢奢望。」

「然後呢？」

「我大可再等下去，反正我都已經等這麼久了，不妨再等五星期、五個月、五年。無奈，我的來日不多了。眼前是我最心如刀割的一刻，因為我要告訴妳的是關於我的未來。對我而言，不久後，事情即將告一段落。即將面對的是什麼，我一想就覺得好笑：新的父母、新的學校、新的兄弟姐妹，而我們長年不斷錯身而過卻一次也不能叫住對方，偶爾只能轉身再瞄一眼，不再流連，因為時機還未到，每次時機都不對。」

「多少年了，拉烏爾？」

這是她首度喊他的名字，他欣喜而感動。

「多少年？我不想告訴妳。」

「為什麼不想？」

「太多年了。」

「說吧。」

他支吾了片刻。

「三百二十四年。十八乘以十八年。」

「我們會再錯過對方嗎？」

「有朝一日妳老了，頭髮花白了，妳會看見一個年輕人下車，或走進妳飯店的大廳，或進入音樂廳，妳會說，我認識他，我多年前在義大利南部那家飯店遇見他，他口口聲聲告訴我，他前世認識我。這年輕人就是相片裡的那個小夥子。而這正是我要妳收下相片的用意。我呢，也會一次又一次和妳不期而遇，可惜我不是太老，就是太年輕，妳也一樣，不是太年輕就是太老。不過，那一天終究還是會來，我保證，只不過，我無法預見那一天地球會變成什麼模樣。」

「我討厭說再見，尤其在經歷過今天以後。你讓我擔心自己會孤孤單單好幾年，或者更苦的是，我這一生和之後的十八個來生都將白跑一趟。來生這麼多，我怎麼辦才好？沒人能等那麼久。」

「世人哪一個不是天生注定孤寂？妳我都是，大家都一樣。妳獨自死了。我也會獨自一人過世。車子墜崖時妳吶喊我的名字，我終生夜復一夜呼喚妳。命運終究會適時重新調整我倆的週期。如果我們運氣好，可以一同順利活滿七十年，從此落幕不再來。」

他自知珠淚即將潰堤，於是歐口。

「我何其榮幸啊，能與妳共進午餐兩次，能與妳並肩走在陽光下，能與妳一同海泳，能夢想自己又變年輕了，在古燈塔旁的巨岩上吃水果，儘管燈塔早已蕩然無存。」

「你原本期望我們會怎樣？」她問。

「不怎樣。我要妳愛上那個小夥子。我要妳看著我，對我說，妳什麼也沒忘掉，妳苦等了四十餘年卻渾然不覺置身苦海，妳萬分感激我帶妳重遊舊地。」

「遊艇拋錨，真的是你搞的鬼嗎？」她問。

「是的。」他回答。

「可以放它走了嗎？」

「妳要我什麼時候放？」

「星期五。以便多給我們兩天。」

「多吃兩頓午餐，再散步去我們的沙灘兩趟，再到巨岩上坐一會，也許還能去我那棟房子。」

隨即他問了一句非問不可的話，「我放遊艇走，妳也會上船嗎？」

「我不知道。會……不會……我不知道。」

「妳一定要上船。不過，我有個打算。明天一大早，我要妳陪我去辦一件事。」

「辦一件事？」

「我想帶妳去墓園。我要妳見見她的墳。我們可以照詩人的說法，獻上一束冬青葉與石南花。」

「為什麼？」

「因為我想用這方式終結週期。在最後一刻，妳會隨同朋友回國，也許會全盤否定這裡發生的事，回憶整件事全是一個老人在胡謅，全是糟老頭的癡人夢話。但是，一同去墳前，妳勢必將我銘刻至心中，永誌不忘。我只愛過妳一人，死後也將持續愛妳，長長久久。將來幾年，我盼妳能回來，最盼望妳丈夫小孩一起來，或者妳自己來也行，是的，一個人來也行。我沒有子嗣，所以把那棟房子留給妳。我在三天前簽好了地契。我只求妳答應我一件事。把我葬在她附近。」

他轉向她，停頓一下才問：「妳不冷嗎？」

「凍僵了。」她回答。

他等了一輩子，就為了聽她如是說。

Hit
暢／小說
110

# 紳士的等待

# The Gentleman from Peru

•原著書名：The Gentleman from Peru•作者：安德列．艾席蒙（André Aciman）•翻譯：宋瑛堂•封面設計：莊謹銘•校對：呂佳真•主編：徐凡•責任編輯：李培瑜•國際版權：吳玲緯•行銷：何維民、吳宇軒、陳欣岑、林欣平•業務：李再星、陳紫晴、陳美燕、葉晉源•總編輯：巫維珍•編輯總監：劉麗真•總經理：陳逸瑛•發行人：凃玉雲•出版社：麥田出版／城邦文化事業股份有限公司／104台北市中山區民生東路二段141號5樓／電話：(02) 25007696／傳真：(02) 25001966、發行：英屬蓋曼群島商家庭傳媒股份有限公司城邦分公司／台北市中山區民生東路二段141號11樓／書虫客戶服務專線：(02) 25007718；25007719／24小時傳真服務：(02) 25001990；25001991／讀者服務信箱：service@readingclub.com.tw／劃撥帳號：19863813／戶名：書虫股份有限公司•香港發行所：城邦（香港）出版集團有限公司／香港灣仔駱克道193號東超商業中心1樓／電話：(852) 25086231／傳真：(852) 25789337•馬新發行所／城邦（馬新）出版集團【Cite(M) Sdn. Bhd.】／41-3, Jalan Radin Anum, Bandar Baru Sri Petaling, 57000 Kuala Lumpur, Malaysia.／電話：+603-9056-3833／傳真：+603-9057-6622／讀者服務信箱：services@cite.my•印刷：前進彩藝有限公司•2022年7月初版一刷•定價280元

國家圖書館出版品預行編目資料

紳士的等待／安德列．艾席蒙（André Aciman）著；宋瑛堂譯. -- 初版. -- 臺北市：麥田出版：家庭傳媒城邦分公司發行, 2022.07
面；　公分. --（Hit暢小說；RQ7110）
譯自：The Gentleman from Peru
ISBN 978-626-310-230-9（平裝）
874.57　　111005699

城邦讀書花園
www.cite.com.tw



電子書ISBN：9786263102347 (EPUB)
博客來版電子書ISBN：9786263102590 (EPUB)